KB065435

옆집
아이는
울지
않는다

전아리 소설집

옆집 아이는 울지 않는다

펴낸날 2018년 4월 6일

지은이 전아리
펴낸이 이광호
편집 조은혜 최지인 박선우
펴낸곳 ㈜문학과지성사
등록번호 제1993-000098호
주소 04034 서울 마포구 잔다리로7길 18 (서교동 377-20)
전화 02)338-7224
팩스 02)323-4180(편집) 02)338-7221(영업)
전자우편 moonji@moonji.com
홈페이지 www.moonji.com

ISBN 978-89-320-3090-6 03810

지은이는 2016년 서울문화재단 예술창작지원사업 기금을 수혜했습니다.

이 도서의 국립중앙도서관 출판예정도서목록(CIP)은 서지정보유통지원시스템 홈페이지(http://seoji.nl.go.kr)와 국가자료공동목록시스템(http://www.nl.go.kr/kolisnet)에서 이용하실 수 있습니다. (CIP제어번호: CIP2018009699)

옆집 아이는 울지 않는다

전아리 소설집

문학과지성사

언제나 첫번째 독자인 전명렬 님, 나의 아버지께

차례

뱀

소녀는 소년에게 마음이 끌렸다. 숱 많은 흑발을 야무지게 올려 묶은 소녀는 열일곱, 뼈 위에 창호지를 발라놓은 듯 살이 없는 소년은 열다섯이었다. 소녀는 땅꾼인 아버지와 둘이 살았다. 그는 기골이 장대한 데에 비해 수염이 얇게 듬성듬성 나서 야비한 인상을 주는 남자였다. 소년의 어머니는 산비탈 어귀에 흰색 아우디를 세웠다. 샤넬 선글라스를 끼고 루부탱 힐을 신은 채 차에서 내렸다. 태백산맥을 낀 시월 초 강원도의 바람은 벌써 목덜미를 선뜻하게 할 만큼 찼다. 땅꾼과 샤넬이 흥정을 계속할 동안 소녀는 모자의 짐을 손님방으로 옮겨두었다. 소녀보다 키가 한 뼘 정도 작은 소년은 툇마루에 걸터앉아 소녀의 손목에 파랗게 돋은 핏줄을 힐끔거렸다.

샤넬은 알을 밴 독사와 누룩뱀을 주문했었다. 땅꾼은 독사만 두 마리 푹 고아도 입에 도는 쓴맛이 그리 역겨울 정도는 아닐 거라고 말했지만, 샤넬은 기어코 누룩뱀과 섞어 쓴맛을 제거하라고 명령조로 못을 박았다. 샤넬은 선글라스를 벗고 영 꺼림칙한 표정으로 집 안을 둘러보았다. 집에서 주문을 해 먹는 뱀탕을 그녀는 도무지 믿을 수가 없다. 꾼들이 뱀탕을 달여 팔 때 국물 뽀얀 초탕은 제 가족들을 먹이고 재탕한 것을 팩으로 담아 판다는 소문을 익히 들어왔기 때문이다. 그래서 초탕 달이는 모습을 직접 눈으로 확인하고 아들 비위에 맞는지 살피고 돌아갈 심산으로 기어코 강원도까지 차를 몰고 온 것이다. 남편에게는 영어 캠프를 데려간다고 말해두었다. 아내의 극성을 지겹도록 보아온 터라 어차피 믿지도 않을 테지만, 다른 보양식도 아닌 뱀탕을 먹일 거라고 했다가는 한바탕 난리를 피울 게 뻔했다. 남편은 불결한 것이라면 학을 떼었다. 물론 샤넬도 고민이 없던 것은 아니었다. 기생충 부작용을 꼼꼼히 살피고, 알음알음하여 가장 실력이 좋다는 땅꾼을 찾아냈다.

그녀는 집 기둥에 머리를 기대고 앉은 아들을 돌아보았다. 나무 기둥 위쪽으로 길게 늘어진 거미줄이 보였다. 허약한 아들의 눈은 거미의 두둑한 실주머니처럼 튀어나와 보였다. 그녀는 소리 죽여 혀를 찼다. 처음에는 병이라도 있나 싶어 종합병원을 옮겨 다니며 온갖 정밀 검사를 다 받아보았다. 결과상으로는 아무런 문제가 없다고 했다. 그 뒤로는 건강 보조 식품을 알아보았다. 이어 녹혈, 웅담, 잘게 가루를 낸 누에, 산삼까지 좋다는 것은 전부 갖다 바쳤지만 아들은 여전히 비실비실거렸다. 또래 애들에 비해 체구가 작고 체력도 약해서 학교만 다녀오면 침대에 내뻗기 일쑤였다. 과외 활동은커녕 체육 수업도 제대로 받지 못할 지경이었다. 샤넬은 매 학기 초 교사들을 찾아가 아들의 유난히 약한 체력에 대해 신경 써줄 것을 신신당부했다. 그러다 보니 소년은 자연히 외톨이가 되었다.

털썩. 땅꾼이 마당 한가운데에 망태기 두 개를 던져놓았다. 각각의 망태기 안으로 5백 원짜리 굵기에 3, 40센티미터쯤 되어 보이는 잿빛 독사 한 마리와 그보다 작은 노란 얼룩무늬 누룩뱀이 잔뜩 약이 오른 채 쉬익거리고 있었다.

"아니 이게 뭐야? 지렁이야? 이걸루 무슨 서른 팩을 짠다 그래?"

샤넬이 선글라스를 벗으며 앙칼지게 쏘아붙였다. 땅꾼은 긴 나무 작대기로 뱀들을 이리저리 뒤집었다.

"내가 황가네 소개받아서 이만큼이나 싸게 해준 거지, 어디 가서 이 값으로 초탕을 뽑아? 아, 하기 싫음 가셔. 남들은 돈 주고도 못 먹는 판에."

땅꾼이 목에서 누런 가래를 뽑아 타악 내뱉었다. 앙다문 샤넬의 볼 근육이 씰룩였다. 땅꾼의 불그레한 살빛과 가을볕을 받아 뱀의 비늘처럼 번뜩이는 살갗의 윤기가 위협적으로 느껴졌기 때문이다. 그사이 땅꾼은 샤넬의 흰색 투피스 아래로 내리뻰은 가느다란 종아리를 훔쳐보았다. 여자는 기에 눌리지 않으려 미간에 힘을 주고 있었지만 슬슬 또아리를 틀기 시작한 뱀을 보고는 긴장한 눈치였다. 지 애비 돈을 싸들고 찾아와 냇가에 캠프를 쳐놓고 뱀술을 사다 먹는 부잣집 젊은 놈들이나, 정력에 좋은 구렁이탕을 끓여달라는 중년 남자들 무리는 숱하게 봐왔어도 툭 건드리면 정강이가 부러질 듯 부실해 보이는 아들내미 하나 앞세우고 산골까지 찾아든 젊은 여자 손님은 처음이었다. 두 눈동자에 욕심이 한창때의 뱀 알처럼 바글바글한 여자였다. '뱀으로 치면 못해도 칠점사 급은 되겠구만.' 땅꾼은 속으로 중얼거렸다. 칠점사는 독사나 살모사에 비해 독을 네댓 배는 더 품은 지독한 독뱀이었다.

"여기 오면 토굴에 뱀을 가둬두고 판다던데, 내가 직접 가서 보고 골라도 되겠어요?"

여자가 턱을 치켜들고 따박따박 물었다.

"아, 그러쇼. 돈만 내면야 팔뚝만 한 놈으로라도 해주지, 내가."

샤넬의 굴곡진 몸매에 어느새 입속 침이 달큰하게 차오른 땅꾼이 능글맞게 받아쳤다. 땅꾼이 앞장서서 대문을 나서자 여자가 허리를 꼿꼿하게 펴고 그 뒤를 따라갔다. 목덜미를 벅벅 긁으며 나아가던 땅꾼이 대문을 걷어차고 소녀를 향해 냅다 소리를 질렀다.

"야! 솥에 물 올리고 탕 끓일 준비해라. 망할 년. 꾸물거리지 말고 후딱후딱 움직여."

소녀가 눈치를 보며 제 아버지를 향해 고개를 조아렸다.

"미련한 게 궁딩이만 무거워가지고."

땅꾼의 투덜거림을 듣던 소년의 눈길이 소녀의 엉덩이께로 향했다. 소녀는 꽃무늬가 자잘하게 박힌 월남치마 차림이었다. 아버지가 집에서 멀어지자 소녀는 마당 가장자리의 호숫가로 다가갔다. 냉수를 한 바가지 받아 치맛자락을 허벅지까지 말아 올리고는 촤악촤악 물을 끼얹었다.

소년의 눈이 포동포동하고 새하얀 소녀의 허벅지에서 떨어질 줄을 몰랐다. 순두부처럼 부드러워 보이지만 손을 갖다 대면 물방울 표면처럼 아찔한 탄력이 느껴질 것만 같은 허벅지였다. 소녀는 젖은 다리를 말리지도 않은 채 뒷마당으로 갔다. 소년도 슬그머니 자리에서 일어나 그 뒤를 좇아가보았다. 소녀는 집 뒤에 가득 쌓여 있는 장작을 골라 한 아름 안고 부엌으로 들어갔다. 소년은 소녀의 어깨 너머로 검은 아궁이를 들여다보았다. 그을음으로 새까매진 아궁이는 구멍이라기보다는 깊은 땅굴로 이어지는 어두운 터널 같았다. 위편으로 웬만한 어린아이 한 명은 가뿐히 집어넣을 수 있을 만큼 커다란 가마솥이 놓여 있었다. 소녀는 가마솥 가득 물을 채우고 아궁이에 불을 때었다. 그러고는 바지런히 걸어가 마당 한가운데 망태기를 작대기로 건져다가 커다란 독 안에 던져 넣었다. 독 안에서 뱀들이 몸비비는 소리가 느리게 들려왔다.

소녀가 치마를 말아 쥐고 아궁이 앞에 앉자 나이에 비해 풍만한 엉덩이의 모양이 고스란히 비쳤다. 뿐 아니라 흘러내린 치마 고무줄 위쪽으로 도도록이 보이는 등뼈와 토실토실한 허리의 살도 훤히 드러났다. 소녀는 소년이 등 뒤에 서 있다는 것을 알고는 아궁이 쪽으로 좀더 허리를 구부렸다. 헐렁한 티셔츠 앞섶이 벌어지며 소녀의 흰 브래지어가 소년에게까지 보였다. 소년은 자리를 피하지 않은 채 우뚝 서서 홀린 듯 그 모습을 바라보고 있었다.

"제대루 안 끓이면 살은 하나도 안 녹구 기름만 동동 뜬다 그러던데. 아주 푹 고아줘요. 뼈가 녹을 정도로. 그러려면 얼마나 걸려요?"

대문이 열리며 샤넬의 목소리가 들려왔다. 소년은 얼른 부엌간 앞을 떠났다.

"아, 거참 말 더럽게 많네."

땅꾼은 묵직한 망태기를 마당에 집어 던지며 신경질을 냈다. 망태기 안에는 아까보다 손가락 한 마디는 더 굵은 뱀 두 마리가 엉켜 있었다. 땅꾼은 주머니에서 구겨진 담뱃갑을 꺼내 담배에 불을 붙였다. 성이 올라 연신 샤넬을 향해 대가리를 곧추세우려는 독사의 목을 작대기로 눌렀다. 샤넬을 향해 혀를 날름거리는 독사의 대가리를 보자 사타구니가 후끈거렸다. 그녀가 고른 뱀은 오늘 새벽, 별생각 없이 산길에 올랐다가 운 좋게 잡아들인 살 오른 독사였다. 뱀이란 놈들은 본래 볕을 싫어하기에 해가 뜨기 전에 잡으러 다니곤 하기에 오늘처럼 나 잡아 가쇼, 하며 길바닥에서 꿈틀거리는 걸 발견하는 것은 이례적인 일이었다. 누룩뱀을 먼저 끓는 물에 데쳤다가 내장을 발라내고 독을 뺀 독사를 함께 산 채로 푹푹 끓여 초탕 한 대접만 마셔도 다음 날 아침이면 파랗던 입술이 붉어지며 혈색이 돌 것이다. 왜, 초탕은 죽은 개불만큼 늘어져 있던 성기도 벌떡벌떡 일어나 이마를 때리게 만든다고 하지 않던가.

"못해도 여덟 시간은 끓여야지."

"열 시간 고아줘요. 천에다 잘 짜서 비늘 하나 없이 걸러주고."

땅꾼은 고개를 설레설레 저었다. 치밀어 오르려던 성욕이 쑥 들어갔다. 저런 여자는 아마 옷을 벗겨놓으면 아랫구멍으로도 쉴 새 없이 재잘거릴 게 분명했다. 그는 잔소리가 많고 귀찮은 여자는 아주 질색이었다.

"뱀탕 하나는 저년이 최고야. 걷기도 전부터 뱀을 만져왔으니까. 암튼 저기 방값은 따로 내쇼."

땅꾼은 방 앞에 어슬렁거리고 있는 말라깽이 소년을 보았다. 저런 놈을 어디다 쓸까. 피죽도 못 얻어먹게 생긴 비루먹은 놈이구만. 그는 여자가 내민 돈 봉투를 받아 들며 생각했다.

한편 샤넬은 아궁이 앞에서 질펀한 엉덩이를 치켜든 채 솥이 끓기를 기다리는 소녀를 보며 옷 앞섶을 고쳐 여몄다. 계집애가 덩치는 산만 해가지고 무식하게도 생겼네. 칠칠맞지 못한 옷 꼬라지하고는.

그녀는 뱀탕이 끓여지는 대로 한시라도 빨리 이곳을 떠나고 싶다 생각하며 아직 중천에 떠 있는 해를 올려다보았다.

여자는 휴대폰의 전파가 안 터진다며 차를 몰고 산 아래로 내려갔다. 방 안에 웅크리고 누워 낮잠을 자던 소년은 둔탁한 것이 떨어지는 소리에 눈을 떴다. 소년은 운동화를 구겨 신고 방을 나섰다. 소리가 나는 곳은 안방 쪽이었다. 열린 문틈으로 바둑알처럼 새까맣게 빛나는 소녀의 눈동자가 보였다. 소녀는 문갑을 움켜쥐고 있었다.

"얼마짜린데 그걸 놓치고 지랄이여 미친년아. 하여튼 지 에밀 닮아서 제대로 하는 게 없어, 이 병신은."

땅꾼이 시커먼 다리를 들어 소녀의 뱃구레를 걷어찼다. 소녀의 통통한 몸이 나자빠지며 데굴데굴 바닥을 굴렀다. 녹슨 경첩에서나 날 법한 날카로운 신음이 소녀의 입술 사이로 흘러나왔다. 소년은 그제야 소녀가 말 못 하는 벙어리라는 사실을 깨달았다. 소년을 발견한 소녀가 말려 올라간 치맛단을 끌어내렸다. 땅꾼의 시선이 소녀를 따라 소년에게로 닿았다.

"뭘 봐?"

버럭 내지르는 소리에 소년의 어깨가 움칠 떨렸다. 소년은 서둘러 방 안으로 돌아왔다.

땅꾼은 도망간 독사를 찾기 위해 망태기와 작대기를 짊어지고 집을 나섰다. 아직 멀리 도망가진 못했으리라. 정 못 찾게

된다면 여자가 오기 전에 비슷한 몸집의 독사를 한 마리 꺼내다가 솥에 넣어버리면 제까짓 게 무슨 수로 알아챌 텐가.

그사이 소녀는 터진 입술의 피를 손등으로 훔치며 부엌으로 들어왔다. 펄펄 끓는 물에 살아 있는 누룩뱀의 대가리를 잡고 통째로 집어넣었다. 뜨거운 물이 튀기 전에 재빨리 솥뚜껑을 닫았다. 하나, 둘, 셋…… 숫자를 세고는 다시금 뚜껑을 열고 뜰채로 뱀을 건져냈다. 뱀은 아직도 살아 꿈틀거리고 있었다. 소녀는 솥의 물을 퍼서 하수구에 버리고 새 물을 채워 넣었다. 솟아오르는 부연 김에 이마에는 땀이 돋고 옷자락이 등판과 다리에 척척 감겨들었다. 소녀는 도마 위에 뱀을 얹고 손아귀에 딱 들어맞는 칼자루를 꺼내 쥐었다. 누룩뱀의 대가리를 발로 밟고 턱 아래서부터 항문 뒤쪽의 꼬리까지 능숙하게 갈라냈다. 칼로 내장을 긁어내고 항문 뒤쪽을 철수세미로 씻어냈다. 어떤 지독한 독이라도 끓는 물속에서는 무용지물이 되어버리지만 뱀들이 품은 역한 냄새는 깨끗이 씻어내지 않으면 아무리 고아내도 사라지지 않았다. 소녀는 꼬리가 갈린 채로 온몸을 뒤틀어대는 누룩뱀을 양푼 속에 던져 넣었다. 물이 끓기를 기다리며 락스를 물에 희석하여 부엌 바닥에 뿌렸다.

멀찍이 떨어져 있던 소년이 슬그머니 부엌 문지방을 밟고 섰다. 소녀는 땀에 젖어 이마에 달라붙은 머리카락을 새끼손가락으로 긁어 떼어내며 소년을 돌아보았다.

"물 한 잔만 줘라."

소년이 말했다.

소녀가 냉장고 문을 열고 보리차가 담긴 플라스틱 물병을 꺼냈다. 컵에 물을 반쯤 따르고 이제 됐느냐는 눈짓을 하자 소년은 고개를 저었다.

"더, 꽉 채워줘."

소녀는 넘칠 정도로 보리차를 부었다. 그러나 막상 컵을 받아든 소년은 두어 모금 마시는 시늉을 하다가 컵을 내려놓았다. 뱀이 양은 대야 안에서 꿈지럭거리는 소리가 울려왔다. 소녀의 목덜미를 타고 굵은 땀방울이 흘러 가슴골로 굴러들어갔다. 소년은 가느다란 손가락을 뻗어 소녀의 목덜미를 훔쳐냈다. 소녀는 놀라지도 않은 채 물끄러미 소년을 내려다보았다. 소년의 희고 자그마한 손이 소녀의 헐렁한 윗옷 속으로 들어왔다. 소녀는 차가운 손이 제 젖가슴을 주무르는 것을 가만히 놓아두었다. 젖꼭지를 만지작거리고 다른 한 손으로 제 치맛자락을 걷어 올리는 손길도 잠자코 받아내었다. 소년의 손이 팬티 고무줄 안을 집요하게 파고들었다. 소녀는 반쯤 열려 있는 대문 밖을 살폈다. 소년이 몸을 낮추어 소녀의 치마 속으로 머리를 들이밀었다. 소녀의 입술이 살짝 벌어졌다. 소년의 따뜻한 혀가 스칠 때마다 소녀의 몸이 짧게 떨려왔다. 소년은 검고도 붉은 아궁이를 연신 핥으며 혀끝에 느껴지는 근육의 떨림을 고스란히 맛보았다. 소녀의 몸에 붙은 아궁이는 얼마 전에 먹었던 자라를 떠오르게끔 했다. 어머니가 데리고 간 건강원에서 소년은 손바닥보다 커다란 자라를 보았다. 건강원 사람은 자라 입에 수저를 물리고, 자라가 있는 힘을 다해 수저를 무느라 고개를 빼고 있는 틈을 타 순식간에 목을 베어냈다. 뚜둑뚜둑. 진녹색 모가지가 끊어지며 검붉은 피가 흘렀다. 그는 아직 온기도 가시지 않은 피를 수저 가득 담아 소년에게 내밀었다.

"뭐해? 얼른 먹어."

어머니가 재촉했다. 소년은 무심한 표정으로 입을 벌리고 자라 피를 받아 삼켰다.

혀가 닿을 때마다 움칠거리는 소녀의 근육은 있는 힘껏 수저를 물고 있던 자라의 목 근육을 닮았다. 잠시 후 바지 지퍼를 내린 소년의 다리 사이를 본 소녀는 눈이 휘둥그레졌다. 본인의 팔뚝보다도 굵은 것이 성난 뱀처럼 몸을 꼿꼿이 곧추세우고 있었던 것이다. 소년의 어머니는 소년의 성기가 그렇게 커질 수 있다는 사실을 몰랐다. 온갖 종류의 보양식은 소년의 체력을 보강해주지는 못하였으나 어린 나이에 비해 과분히 넘쳐나는 정력을 만들어냈다.

소년은 소녀를 벽에 몰아붙여 돌려세우고는 배를 당겨 몸을 구부리게끔 했다. 가마솥의 물이 끓기 시작했다. 소년이 몰아붙이는 힘에 따라 소녀의 가슴이 출렁였다. 소녀는 이를 악문 채 생각했다. 독사야, 멀리 도망가라, 더 멀리. 허벅지가 후들거리며 정신이 혼미해지기 직전, 소년의 몸이 소녀로부터 떨어져 나왔다. 소녀는 바닥 위로 툭툭 떨어지는 희고 끈끈한 점액을 재빨리 슬리퍼 바닥으로 직직 문질렀다. 열기로 가득한 부엌은 뱀 비린내, 락스 냄새, 소년의 정액 냄새가 한데 뒤섞여 흡사 깊은 골짜기와 같은 냄새를 풍겼다. 소녀는 발목까지 내려간 팬티를 끌어 올렸다.

"맛있다, 너."

소년이 웃으며 말했다. 소녀는 방금 전까지만 해도 두근거리는 정도였던 가슴이 심하게 요동쳐오는 것을 느꼈다.

"너 눈이 꼭 뱀 같아. 예뻐."

소년은 손등으로 소녀의 뺨을 쓸어내렸다.

"아니, 여기 사람 사는 데는 맞어? 왜 전파가 안 터져."

샤넬의 날 선 목소리가 들려왔다. 소녀는 재빨리 양은 대야 앞에 앉아 누룩뱀을 집어 들었다. 소년은 이미 잽싸게 부엌을 빠져나가 방으로 들어간 뒤였다. 소녀는 아직도 화끈거리는 아랫도리를 슬며시 더듬어보았다. 대문으로 들어서던 샤넬은 그 모습을 놓치지 않고 보았다. '어머, 망측하게. 어린 게 벌써부터 거길 만져대고…… 설마 저 손으로 사탕을 끓이려는 건 아니겠지.' 그녀는 모난 눈으로 소녀를 흘기며 아들이 있는 방 쪽으로 몸을 틀었다.

땅꾼은 부엌간 안으로 독사가 담긴 망태기를 던져놓았다. 소녀는 독사를 집게로 꺼내어 이제 막 누룩뱀이 들어간 솥 속에 집어넣었다.

"메추리 좀 구워와."

머저리 같은 딸이 놓친 독사는 그리 멀지 않은 곳에서 다시 잡혔다.

"하여튼 지 에미를 닮아서 제대로 하는 게 하나 없다니까."

땅꾼은 욕지거리를 내뱉으며 근질거리는 주먹을 쥐었다 폈다. 소녀가 엉덩이를 씰룩거리며 걷는다.

"빨리빨리 좀 움직여, 이 등신아!"

땅꾼이 소녀의 등에 대고 버럭 소리를 질렀다.

소녀는 그의 죽은 아내가 데리고 온 양딸이었다. 네 살 때 제 엄마 손을 잡고 산으로 들어왔다. 아내는 땅꾼 못지않게 술을 좋아했다. 아내와 술잔을 기울이기 시작할 때면 세상 그 무엇도 부럽지 않을 정도로 행복했다. 그러나 둘 다 술이 홍건히 취하고 나면 어느 순간부터 말투가 시비조로 변하며 언성이 높아지기 시작했다. 술상이 뒤집어지는 건 예사였다. 그는 아내의 전남편을 들먹이며 머리채를 쥐어 잡고, 아내는 악다구니를 쓰며 그의 팔뚝을 물어뜯었다. 그녀는 소녀가 일곱 살 되던 해에 술에 취한 채로 산을 올라 계곡에서 떨어져 죽었다. 땅꾼은 소녀를 내다 버릴까도 생각했다. 말을 못 하는 계집애의 입은 오직 먹기 위해서만 뚫려 있는 듯 나이도 어린 게 식탐이 지독히도 많았다. 어릴 때부터 뱀탕에 밥을 말아 먹고 자란 소녀는 나이에 비해 발육이 좋았다. 두 뺨은 늘 발그레하니 생기가 돌고 피부엔 윤기가 흘렀다. 소녀가 열세 살을 넘길 무렵, 땅꾼은 계집애의 뚫려 있는 입을 다른 용도로 사용할 방법을 발견했다. 처음 몇 번 두들겨 맞은 후로 소녀는 고분고분 그의 지시를 따랐다. 그는 꿇어앉은 소녀의 정수리를 내려다보며 쾌락에 신음할 때마다 한창 젊을 때의 자신으로 돌아간 것 같은 착각을 느꼈다.

짧아진 해가 뉘엿뉘엿 넘어갈 무렵, 땅꾼은 이미 거나하게 취해 있었다. 샤넬은 솥을 살피러 부엌에 들어왔다가 양푼 물 위에 둥둥 떠다니는 메추리 털을 보고는 진저리를 쳤다. 땅꾼은 직접 담근 인삼주와 함께 구운 메추리를 뜯어 먹었다. 소녀는 툇마루에 앉아 거미집을 올려다보았다. 소년은 손님방에 누워 열린 문틈으로 그런 소녀를 바라보았다.

"야! 들어와봐!"

안방에서 혀 꼬부라진 목소리로 소녀를 부르는 소리가 들렸다. 샤넬은 불쾌한 표정으로 손목시계를 들여다보았다. 겨우 7시를 넘겼다. 열 시간을 푹 끓이려면 적어도 자정은 넘겨야 할 것이다. 자정이 되었든 새벽이 되었든, 탕이 완성되는 대로 차를 몰고 이곳을 빠져나가리라고 다짐했다. 남편 모르게 호텔 방을 빌려 자고 캠프에 다녀온 척 귀가하면 소란스러울 일은 없을 것이다. 솔직한 심정으로 그녀는 아들이 이 집 방바닥에 몸을 붙이고 누워 있는 것조차 내키지 않았다. 누런 장판 밑으로 진드기며 기생충이 기어 다니는 것 같았다.

"차에 가서 좀 자다 오자. 밤에 졸음운전하면 큰일이니까."

"가서 주무세요. 전 여기가 편해요."

샤넬은 쓸데없이 고집을 부리는 아들이 못마땅했다. 그녀는 마지못해 구두를 벗고 방으로 들어섰다.

"아들, 뭘 좀 먹어야지? 나가서 요기할 것 좀 사올까?"

"배고프면 여기서 드세요. 라면은 있을 거 아니에요."

샤넬은 누워 있는 아들의 이마를 쓰다듬었다. 열다섯 살이지만 그녀에게는 아직 걸음마도 못 뗀 어린아이처럼 늘 가슴을 조마조마하게 만드는 외동아들이었다.

"이런 데는 비위생적이야. 아들 뭐 먹고 싶어?"

소년은 따뜻하고도 강렬하게 자신을 끌어당기던 소녀의 몸을 떠올렸다. 지금껏 넘쳐나는 욕정을 이기지 못해서 돈을 주고 여자애들과 조건 관계를 맺어온 게 수차례였다. 그러나 아담한 B컵이니 꽉 차는 C컵이니 저희들 입으로 아무리 떠들어대도, 소녀처럼 욕망을 자극하는 몸은 본 적이 없었다. 게다가 소녀는 속살을 내보이며 노골적으로 자신을 유혹할 만큼 대범하기까지 했다. 돈 몇 푼 쥐여주면 교복 치마를 걷어 올리고, 소년이 욕정을 푸는 동안 휴대폰이나 만지작거리는 계집애들하고는 수준이 달랐다. 소년은 입에 고이는 단침을 삼켰다.

"삼각김밥 사다 주세요. 오렌지주스랑."

아들의 말에 샤넬이 빙긋 웃었다.

"엄마랑 같이 갔다 올까?"

"아니. 피곤해요."

샤넬은 입술을 쭉 내밀고 아들에게 서운한 표정을 지어 보였다. 느지막이 낳은 아들은 자신의 삶이요, 분신이었다. 아들의 건강을 위해서라면 무슨 짓이든 할 각오가 되어 있었다.

아들은 엄마의 속도 몰라준 채 눈을 감으며 잠을 청하는 척했다. 샤넬은 큼직한 에르메스 백을 챙겨 들고 밖으로 나왔다.

"시내에 나가면 편의점은 있을 거야. 걱정 말고 기다리고 있어. 엄마 금방 다녀올게."

소년은 대답하지 않았다. 구두 굽 소리가 멀어지고 대문 닫히는 소리가 들려오자 소년은 천천히 몸을 일으켰다. 소녀가 안방으로 들어간 뒤로 안방이 쥐 죽은 듯 조용하다는 사실이 마음에 걸렸다. 방문은 굳게 닫혀 있었다. 소년은 뒷마당으로 돌아갔다. 안방으로 통하는 창문이 열려 있었다. 소년은 장작 두 개를 쌓아놓고 그 위로 올라섰다. 방바닥에 앉아 있는 땅꾼의 뒤통수가 눈에 들어왔다. 그리고 털이 무성한 그의 허벅다리 사이로 몸을 웅크리고 있는 계집아이가 보였다. 계집아이의 머리통이 부지런히 움직이고 있었다. 소년은 조용히 장작에서 내려왔다. 툇마루에 돌아와 앉아 앞산을 바라보았다. 해는 졌지만 아직 밝은 감빛 하늘 아래로 산골짜기마다 저녁 안개가 피어오르고 있었다. 검은 새 두 마리가 하늘을 가로질러 날아갔다.

얼마쯤 그러고 있었을까. 소녀가 방문을 열고 나왔다. 땅꾼은 술상 옆에서 사지를 내뻗은 채 잠들어 있었다. 소녀는 부엌에서 빈 포대를 들고 나왔다.

"어디 가니?"

소년이 일어나 소녀의 뒤를 쫓아갔다. 소녀는 메추리 장을 열고 메추리를 한 움큼씩 집어 포대에 넣었다. 땅을 한 번 가리키고, 팔을 꾸물꾸물 해 보이고, 입으로 씹어 삼키는 시늉을 했다.

"뱀 먹이 주러?"

소녀가 고개를 끄덕였다.

"같이 가자."

이번엔 소녀의 고개가 휘휘 돌아갔다. 그러나 소년은 끈질기게 소녀의 곁에 붙어 있었다. 소녀는 마지못해 집을 나서 산길을 올랐다.

뱀을 가두는 토굴은 땅꾼이 직접 파서 시멘트를 발라둔 곳이었다. 소녀는 손전등을 꺼내 입에 물었다. 촘촘한 철망을 그물처럼 엮은 토굴 뚜껑 안쪽으로 수십 마리의 뱀들이 뒤엉켜 있었다. 소녀는 작대기로 철망을 때려, 입구 가까이로 올라온 뱀들을 떨어뜨렸다. 그러고는 뚜껑을 열고 재빨리 메추리들을 털어 넣었다. 뱀 먹이로 낮에는 쥐를 주지만, 저녁엔 메추리를 주었다. 먹이를 향해 몰려드는 뱀들의 움직임은 바람에 수런거리는 버드나무 이파리 소리와도 같았다.

소년이 잠시 한눈을 팔았다가 돌아본 소녀의 손에는 가느다랗고 자그마한 누룩뱀 한 마리가 쥐어져 있었다. 소녀는 토굴 옆에 퍼질러 앉았다. 소년도 그 곁에 쭈그리고 앉았다. 소녀는 누룩뱀을 손에 쥐고 포대 안을 더듬어 칼자루를 꺼내 들었다. 뱀의 대가리를 시금치 꽁다리 자르듯 댕강 잘라냈다. 항문을 더듬어 칼을 납작하게 눕히고는 내장이 터지지 않도록 껍질에 칼집을 냈다. 꼬리부터 잘린 목까지 단번에 칼로 그어 배를 가르자 불그죽죽한 속이 훤히 드러났다. 뱀가죽과 단단히 달라붙어 있는 근육이 손전등 불빛에 반짝이며 빛났다. 소녀는 칼끝을 세워 껍질과 붙어 있는 조직을 정성스럽게 잘라내고, 뱀의 허연 몸통을 쥐고는 단번에 껍질을 벗겨냈다. 길쭉한 내장도 뽑아내었다. 소녀는 신발 끝으로 땅을 파고 뱀 대가리와 내장, 껍질을 꾹꾹 묻었다. 땅꾼에게 들키면 무슨 욕을 얻어먹을지 모르기 때문이었다. 이윽고 소녀가 새끼손가락 굵기의 누룩뱀 몸뚱이를 뚝뚝 끊어냈다. 제 입에 한 토막 넣고 오물거리며 씹더니 한 토막 더 잘라 소년에게 내밀었다. 소년은 멍하니 소녀를 바라보다가 이를 드러내고 웃었다. 불룩한 소녀의 볼을 보며 배를 쥐고 낄낄거렸다. 소녀가 의아한 얼굴로 소년을 쳐다보다가 영문도 모르고 따라 웃었다. 소녀가 뱀을 씹어 삼키고 나자 소년은 기다렸다는 듯 소녀의 입에 입술을 갖다 댔다. 기형적으로 커다란 소년의 성기와, 뱀눈을 한 소녀의 검은 눈동자가 어스름 속에서 번뜩였다. 소년의 성기에 소녀의 눈을 단 뱀 한 마리가 소리 없이 그 둘의 머리맡을 기어 지나갔다.

소녀는 포대를 깔고 누운 채 쌔근쌔근 잠이 들었다. 소년은 소녀를 두고 먼저 산을 내려왔다. 짙은 뱀탕 냄새가 마당까지 흘러나와 출렁였다. 땅꾼은 숨이 넘어갈 정도로 코를 골아대고 있었다. 소년은 담벼락에 기대어 있는 작대기를 집어 들었다. 그 옆으로 낙타의 눈을 닮은 커다란 독을 열고 망태기를 하나 건져냈다. 잿빛 무늬 뱀이 망태기 속에서 꿈틀거렸다. 소년은 안방 문을 열고 망태기를 던져 넣었다. 꽉 조여 있는 주둥이의 끈 안에 작대기를 걸고, 힘주어서 끈을 느슨하게 풀었다. 독사가 방바닥으로 기어 나오기 무섭게 소년은 망태기를 거두어들이고 방문을 닫았다. 망태기는 다시 독 속에 넣어두었다.

소년은 옷에 붙은 나뭇가지와 흙을 털어내고 방으로 들어와 누웠다.

소녀가 잠에서 깼을 땐 사방이 어두워져 있었다. 손전등을 켜고 바닥을 더듬어 포대를 집어 들었다. 소녀는 먹다 남은 뱀 토막을 집어 들고 털레털레 산을 내려왔다. 물소리가 흐르는 계곡을 지나쳤다. 언젠가 뱀술을 마시러 온 젊은이들 중 한 명이 땅꾼에게 돈을 찔러주고 소녀를 텐트 안으로 끌어들였던 곳이었다.

집으로 돌아온 소녀는 곧장 부엌으로 향했다. 솥뚜껑을 열어보니 아직 덜 고아진 뱀 두 마리가 고스란히 제 형태를 유지하고 있었다. 불이 약한가…… 그러나 아궁이 속 불길은 여느 때보다도 활활 타오르고 있었다. 코를 고는 소리가 끊긴 걸 보니 아버지가 잠에서 깬 모양이었다. 소녀는 돌에 긁혀 쓰라린 허리춤을 문지르며 안방 문을 열었다. 땅꾼은 잠을 자던 모습 그대로 시퍼렇게 부풀어 올라 있었고, 입가에는 침 거품이 말라붙어 있었다. 뱀가죽 끈을 꼬아 끼고 다니던 팔찌를 경계로 팔뚝의 살이 부어 터질 듯했다. 정강이에 뱀 이빨 자국이 선명했다. 독사는 어디에도 보이지 않았다. 소녀는 방문을 붙잡고 선 채로 땅꾼을 내려다보았다. 술상에서 떨어진 메추리 뼈가 바닥에 흩어져 있었다. 열린 창문 너머로는 허연 달이 비스듬히 떠 있었다.

소녀는 귀를 긁으며 신발을 직직 끌고 마당으로 나왔다. 샤넬이 비닐봉지를 부스럭거리며 집 안으로 들어섰다.

"여긴 무슨 편의점도 없어? 아직 멀었니? 나 없는 새에 뭐 바꿔 넣은 거 아니지? 근데 냄새도 어쩜 이리 비리니? 사람 먹는 게 맞기나 한 건지, 원."

재잘거리던 그녀는 지갑을 두고 왔다며 다시 아우디로 돌아갔다. 소녀는 툇마루 밑에서 슬금슬금 기어 나오는 독사를 발견했다. 뱀은 고개를 돌려 소녀를 한 번 바라보았다. 뱀의 기다랗고 늘씬한 몸은 곧 샤넬이 내려놓은 커다란 에르메스 백 속으로 들어갔다. 소녀는 조용히 시선을 거두어, 밤하늘을 바라보았다. 조약돌 같은 별이 총총 떠 있었다.

소녀는 손에 쥐고 있던 뱀 토막을 앞니로 끊어 질겅질겅 씹어 삼켰다. 비릿하고도 고소한 기름기로 입술이 반들거렸다. 소녀는 새빨간 입술을 혀로 한 번 쭉 빨았다. 소년은 방 안에 누운 채 문틈으로 소녀를 바라보고 있었다. 다시, 검은 새 두 마리가 하늘을 가로질러 날았다.

공이
울리면

1라운드다. 가드 너머 상대방 선수의 눈이 서슬 퍼렇게 빛난다. 풋워크를 조절하며 놈이 특히 약하다는 심장부를 노린다. 가드의 높이를 은근슬쩍 내려가며 어슬렁거리는 나를 향해 놈이 선제공격을 시작한다. 내 관자놀이를 향해 날아온 놈의 잽을 가뿐히 피한다. 놈은 재빨리 두번째 잽을 날린다. 왼쪽 턱을 겨냥하고 날아온 주먹이 어깨 위로 미끄러진다. 성급한 놈이다. 놈의 심장부를 향해 어퍼컷을 꽂는다. 놈이 비틀거리며 링 가장자리로 물러난다. 나는 빠른 풋워크로 기회를 노리다가 상대의 허점을 조준해 훅이나 어퍼컷으로 승부를 보는 편이다. 놈이 다가오기를 기다렸다가 안면을 향해 스트레이트로 펀치를 날린다. 놈은 허리를 숙여 방어하며 뒷걸음질 친다. 다시 고개를 쳐든 놈이 무서운 속도로 달려들어 안면을 향해 펀치를 쏟아붓는다. 미처 커버링을 할 사이도 없이 고스란히 삼킨 충격 속에서 나는 두어 번 머리를 흔든다. 놈은 기회를 놓치지 않고 전신의 힘을 몰아 관자놀이를 후려친다. 순간 끈적거리는 현기증이 머릿속으로 느릿하게 퍼져나간다. 놈을 껴안아 방어를 한다. 심판이 브레이크를 선언하자, 땀으로 미끈거리는 놈의 몸뚱이가 나를 거칠게 밀쳐낸다.

신혼 시절 세 들어 살던 집 마당에는 살구나무가 한 그루 있었다. 아침이면 나뭇가지 사이로 눈부신 볕이 스며들었다. 날이 더워지면서 노란 살구 알들은 아내의 배처럼 부드럽게 부풀어 올랐다. 벌레가 너무 많아요. 살구나무를 바라볼 때마다 아내는 얼굴을 찌푸렸다. 한여름이 되자 흙바닥 곳곳에 나무에서 떨어진 벌레들이 기어 다녔다. 마당에 널어놓은 빨래와 장독대 위에도 벌레가 붙어 꿈질거렸다. 아내의 입덧이 심해졌을 무렵, 주인집에서도 더 이상 못 견디겠던지 나무를 베어버렸다. 채 익지 않은 살구 알들이 마당 위로 떨어졌다. 마당을 넘실거리던 나무 그늘은 사라지고 사람 골반을 닮은 형태의 그루터기만 남았다. 바닥의 열매는 주인집 아이들의 신발 밑에서 으깨지며 묽은 즙을 쏟아냈다.

살구나무가 베어진 창가에는 메마른 초겨울 햇빛이 그대로 내리비추었다. 벌과 나비가 달린 모빌이 허공에서 미미하게 흔들렸다. 아내는 아기의 새 옷 위에 얼굴을 묻고 엎드린 채 움직이지 않았다. 분만 후 아내가 퇴원을 한 후에도 아기는 인큐베이터 속에 남아 있어야 했다. 30주 가까이 되어 갑작스레 산통을 호소한 아내가 낳은 아기는 1.8킬로그램의 미숙아였다. 곧장 집중 치료를 위해 옮겨지는 침대의 바퀴 소리가 요란했다. 의사는 요즘 환경호르몬 때문에 미숙아들이 늘고 있다는 설명과 함께 대부분 치료를 통해 건강하게 성장하곤 한다고 덧붙였다.

주먹을 만드는 것은 손이 아니다. 몸속의 기운이다. 물론 기운만 넘쳐난다고 좋은 주먹이 만들어지는 것은 아니다. 그 기운을 한 덩어리로 단단히 응축시킬 수 있는 집중력과 매 순간 힘의 강도를 재빨리 조절할 수 있는 순발력을 갖춰야만 비로소 제대로 된 주먹 하나를 이루어낼 수 있다. 그러나 가끔씩 그런 펀치를 끌어내기 어렵게 자신감을 흐려놓는 상대가 있다. 온몸의 허점을 드러내놓고도 연신 까닭 모를 웃음만 흘리며 건들거리는 놈들이 바로 그런 경우다. 그런 놈이 뿜어내는 여유는, 공격력으로 응집되어야 할 기운을 분산시키며 도리어 내 빈틈을 찾아 더듬거리게끔 한다.

박 코치가 입에 마우스피스를 물린다. 턱뼈를 타고 뻐근한 통증이 가지를 뻗는다. 놈이 글러브 낀 두 손으로 트렁크스를 추켜올리며 걸어 나온다. 공이 울리자마자 한쪽 팔로 커버링을 올리고 놈에게 바짝 다가간다. 잽을 몇 번 받아내다 먹잇감의 목덜미를 향해 날아드는 육식동물처럼 날카로운 기세로 놈의 심장부를 들이꽂는다. 순간, 놈의 호흡이 일시적으로 중지된 것을 느낀다. 놈의 동공이 진공상태가 된 그 찰나의 묘한 쾌감이 나의 공격성을 자극한다. 놈의 복부를 향해 더블펀치를 날린다. 비틀거리며 코너로 뒷걸음질 치던 놈이 자세를 잡더니 몸을 부딪쳐오며 내 안면에 훅을 때린다. 방심하다 받은 예상치 못한 충격에 나는 몸을 휘청거리다가 결국 로프에 몸을 튕기며 주저앉는다. 심판이 다가온다. 힘겹게 몸을 일으킨다. 놈이 틈을 주지 않고 달려든다. 링 위의 3분은 길다. 공이 울리기를 기다리고 있노라면, 소실점이 보이지 않는 긴 복도를 달리는 기분이다.

체육관은 1년에 두세 번 회식을 했다. 잘린 채 입을 빼끔대는 광어 대가리가 구슬프게 바다를 찾거나 말거나 맞은편 자리 박코치는 회를 집어 먹기에 여념이 없었다. 관장이 나를 위로한답시고 만든 회식 자리였지만 대화는 겉돌기만 하였고 다들 금방 술에 취했다. 술기운으로 얼굴이 얼룩덜룩해진 관장은 돈 부탁을 들어주지 못해 미안하다며 입맛을 다셨다. 가게 밖으로 나와 집으로 전화를 걸었다. 아내는 자다 깬 목소리였다. 낮에 미숙아 후원 센터의 신청자 명단에 이름을 올리고 왔다고 했다.

아기가 태어난 지 석 달이 넘어가고 있었다. 아내는 기저귀

가방 속에 젖병이나 종이 기저귀 대신 동화책을 담아 들고 다녔다. 아내는 인큐베이터 옆에 앉아 동화책을 읽었다. 아기 배 위로 비치는 창백한 보랏빛 혈관을 보고 있노라면 온몸의 핏줄이 당겨왔다. 잠자리에 누우면, 호스를 통해 가쁜 숨을 내쉬며 힘겹게 눈을 뜨던 아기의 검은 눈동자가 빈 철통 속에 담긴 구슬처럼 요란한 소리를 내며 가슴속을 굴러다녔다.

심상치 않게 부어오른 아기의 머리를 살펴본 담당의는 몇 가지 검사를 해보자고 했다. 간호사는 아기 발등에 얇은 링거 바늘을 꽂았다. 혈관을 쉽게 찾을 수 없다며 두 번이나 바늘을 되빼내어 찔러대는 간호사의 그 태연한 손을 후려쳐버리고 싶었다. 초음파 검사 결과 두개내출혈이라는 진단이 나왔다. 뇌실 주변의 혈관 구조가 부실하여 터진, 일종의 뇌출혈이었다. 혈액이 뇌실 안으로 흘러들어가고 있는 상태지만 회복될 수 있다고 했다. 아기의 얼굴에 드문드문 반점이 번지기 시작할 무렵이었다.

아내의 아랫입술이 부어올라 있었다. 식탁 위의 카드 빚 독촉장들을 넘겨보고 친정에 전화를 거는 내내 아내는 아랫입술을 잘근잘근 깨물어댔다. 우리 둘 모두 더는 매달릴 곳도, 그럴 만한 염치도 남지 않은 상황이었다.

"그게 제 마음대로 되는 게 아니란 거 아시잖아요. 일단은 원무과로 가서 한번 상의해보세요."

아내의 하소연에 간호사는 난감한 듯 웃으며 시선을 피했다.

옆자리 아기의 피를 뽑던 다른 간호사는 흔히 있는 일이라는 듯 무표정한 얼굴로 우리를 흘끗 훑어보았다. 아내는 인큐베이터에서 손을 떼지 않고 있었다.

글러브를 맞부딪치며 다시 놈에게로 다가간다. 놈의 심장부로 보기 좋게 펀치를 날린다. 상체가 꺾이는 듯하던 놈이 도로 달려든다. 놈은 복부에 집중적으로 잽을 날리기 시작한다. 뒤로 빠지는 척하며 놈의 허점을 살피고 공격을 유도해본다. 놈이 걸려들지 않는다. 얼핏 고개를 든 나를 향해 놈이 왼쪽 눈을 찡긋한다. 동시에 서늘한 충격이 관자놀이를 진동시킨다. 시야가 부옇게 뒤엉키는 것을 느끼며 휘청거리는 다리에 간신히 힘을 주어 버틴다. 놈은 틈을 주지 않고 공격을 해댄다. 공이 울린다.

의자에 무너지듯 주저앉는다. 뛰어 올라온 박 코치가 양동이에 담가두었던 스펀지로 내 얼굴을 씻어낸다. 경기 중에는 얻어맞고 난 즉시 맞았다는 사실을 잊어야 한다. 고통이라는 것을 순순히 받아들이게 되면 그 순간부터 머릿속을 지배하는 건 오직 링 위에서 도망치고 싶다는 충동뿐이다. 코치의 목소리가 이명에 눌려 번진다. 오른쪽 귀는 물속에 잠긴 듯 먹먹하다. 링 주변을 둘러본다. 아내의 모습이 보일 리 없다는 것을 알면서도 낯선 얼굴들 사이를 더듬는다. 마우스피스를 뱉어놓고 입을 헹군다. 안면 오른쪽 부분의 통증이 얼얼하게 남아 일정한 간격으로 관자놀이를 지끈거리게 만든다. 맞은편 코너에서 놈의 붉은 트렁크스가 어른거린다. 박 코치는 놈의 약한 심장 부분을 집중 공격하라고 다그친다. 일본열도에서 넘어온 교포 3세라는 놈의 별명은 가스통이다. 박 코치는 침착하게 공격하라며 내 어깨를 두드린다. 아래턱을 이리저리 돌려본다.

놈은 콧잔등에 주름을 잡으며 나를 노려본다. 놈의 늑골을 향해 펀치를 날려보지만 기다렸다는 듯이 옆으로 몸을 빼며 잽을 날린다. 라운드가 넘어갈수록 놈의 몸이 이상하리만치 가벼워지는 것을 느낀다. 나는 놈의 눈빛을 살핀다. 문득, 면도칼이 살갗 위로 어긋날 때의 아차 싶은 느낌과 함께 가늘게 뜬 놈의 눈가에서 웃음기를 발견한다. 놈은 건들거리는 풋워크로 내 주변을 맴돈다. 이따금씩 날아오는 잽이 평소와 다르게 큰 충격으로 머릿속을 울린다. 방향감각이 둔해진 것 같은 불안감이 스며들기 시작하자 호흡이 가빠진다.

수술 날짜가 잡히던 날 서울에서는 좀처럼 보기 힘든 많은 눈이 내렸다. 살구나무 그루터기가 있는 집에서 나와 지하 단칸방으로 세를 옮긴 후였다. 아내의 입에서는 심한 악취가 풍겼다. 볼이 두둑이 부어오른 아내를 끌고 치과를 찾았다. 어금니의 잇몸이 곪아 치주염이 생겼다고 했다. 의사는 통풍이 필요하다고 했지만 눈에 띄게 말수가 줄어든 아내는 여전히 입을 다물고 있었다.

수술실 앞에서 아내는 나와 조금 떨어진 자리에 앉아 있었다. 복도 위로 정적이 감돌았다. 얼마 전 스파링 상대를 해주다 다친 코뼈 부상 때문인지 숨이 잘 쉬어지지 않았다. 문득 아기의 울음소리가 울리는 듯한 환청에 고개를 들어보면 수술실의 전등은 아직 창백한 푸른빛을 뿜어내고 있었다.

"걱정하실 것 없습니다. 도중에 과호흡이 일어나긴 했지만 잘 견뎌냈네요. 무사히 넘겼어요."

의사의 눈에 피로가 고여 있었다. 순간 안도감과 함께 알 수 없는 아득함을 느꼈다. 나는 도시락을 사 오겠다는 핑계로 병원을 빠져나왔다. 아기를 지켜내야 한다는 본능의 뒤편으로 내 몸을 옭아매고 있는 끈이 숨통을 조여왔다.

새벽 시장의 일용직을 나가면서부터 스파링 도중 곧잘 코피가 쏟아졌다. 잠이 부족한 탓인지 민첩함이 떨어져가고 있었다. 아내는 무슨 일을 시작했느냐는 물음 한번 건네지 않은 채로 내가 주는 일당을 받아 세었다. 아내의 침묵에 서서히 익숙해져가던 어느 날, 세 명의 사내들이 체육관으로 찾아왔다. 그들은 어처구니없는 액수의 돈을 요구했다. 아내는 나도 모르게 사채를 써오고 있었다.

어쩌려고 이러느냐는 내 다그침에 그녀는 나를 빤히 쳐다보았다.

"그럼, 죽게 냅둘까요?"

아기 옆의 인큐베이터에 나이 어린 미혼모가 출산했다는 새 아기가 들어왔다. 아내는 옆자리 아기의 얼굴을 계속 흘끗거렸다. 저녁에 삼십대 후반쯤 되어 보이는 야윈 몸의 남자가 찾아와 아기를 들여다보며 한참을 고목처럼 서 있다가 치료실을 나갔다. 이틀 후, 옆 인큐베이터 안은 다시 비어 있었다. 전에 있던 아기는 어떻게 되었느냐는 물음에 간호사는 대답 대신 애매한 미소를 지었다.

아내는 서산에 있는 친정을 다녀오겠다고 했다. 그녀가 말을 이으려던 차에 휴대폰 배터리가 나가며 전화가 끊겼다. 나는 입안에 이끼처럼 번진 허연 곱을 혀끝으로 훑으며 체육관 사무실에서 나왔다. 박 코치가 일회용 면도기를 던져주었다. 화장실의 물 얼룩진 벽거울 속에 비친 내 모습은 누군가 지워놓다만 듯 부옇게 보였다.

혼자 지내는 동안에는 거의 아기를 찾아가보지 않았다. 간호사는 아기가 잔병치레가 심하긴 해도 다른 아기들에 비해 힘들게 하지는 않는 편이라고 했다. 박 코치로부터 당분간 연습을 쉬라는 연락이 왔다.

놈에게 엉겨들 듯이 달라붙어 복부에 짧은 연타로 공격을 시도한다. 놈이 얼핏 당황한 기색을 보인다. 물러나려는 놈에게 접근해 펀치를 날리려는 순간, 나도 모르게 무릎의 중심이 꺾인다. 몸이 맥없이 고꾸라지는 동시에 시야가 붉어지기 시작한다. 파울을 외치는 심판의 목소리가 귓가에 쟁쟁하게 울린다. 충격이 차차 걷히고 나자 눈가의 통증이 느껴지기 시작한다. 링에 올라온 보조 세컨드가 서둘러 피를 닦아낸다. 놈이 의도적으로 팔꿈치를 이용해 내 왼쪽 눈 위를 가격한 것이다. 조금만 아래쪽 부위를 쳤더라면 그대로 실명이 될 뻔했다며 혀를 찬 보조 세컨드는 익숙한 손놀림으로 상처의 피를 찍어내고 지혈을 시작한다. 임시로 지혈을 해놓은 그는 길게 잡아 10분 정도 버틸 수 있을 거라고 말한다. 심판은 반칙을 한 놈에게 슬쩍 주의를 줄 뿐 별다른 경고를 내리지 않는다.

내 상처와 피는 놈을 끌어들일 수 있는 좋은 미끼가 될 것이다. 놈은 상당히 기세등등해져 링 중앙으로 걸어 나온다. 링 밑에서는 경기 중의 예상치 못한 전개를 기다린다. 복싱에서 파울은 일종의 쇼맨십에 불과하다. 놈은 그것을 제대로 간파하고 있다. 놈은 다시 여유를 부리며 내 주변을 맴돌기 시작한다. 나는 틈을 살피며 간간이 날아오는 잽을 막아낸다. 놈은 관중의 흥미를 한층 더 유발시키기라도 하려는 듯 슬슬 나를 농락하기 시작한다. 쥐를 앞발로 굴리며 서서히 죽이는 고양이처럼 강도가 높지 않은 펀치로 내 기력을 빼놓으려는 작전이다. 농락당해서는 안 된다. 나는 얼굴을 커버하는 척 몸을 구부리며 물러나다가 놈이 적당한 거리에 다가선 순간, 상체를 일으키며 아래턱에 어퍼컷을 꽂아낸다. 주먹의 궤도가 시원스럽게 그려지는 것을 느끼며 짧은 희열을 맛보는 사이 놈이 바닥에 주저앉는다. 어퍼컷이 제대로 먹히면 뇌가 진동하며 일시적인 장애가 일어난다. 놈이 어이없다는 표정을 지으며 몸을 일으킨다. 심판이 다가간다. 놈은 심판을 난폭하게 밀어내고 살기 띤 눈빛으로 가드를 올리며 다가온다. 공포감은 이용하기에 따라 잠재되어 있던 괴력을 발휘하게 하기도 하고, 버티고 서 있던 힘마저 꺾어버릴 수도 있다. 경기 중에 가장 경계해야 할 것은 출혈에 대한 공포다. 엄습하는 공포감을 순간적인 파괴 욕구로 바꾸는 것은 의지와는 무관한 선천적 기질에 달려 있다.

뜨거운 채찍이 알몸을 후려쳤다. 나는 꼼짝도 할 수 없었다. 어디서 휘둘려지는지 모를 채찍이 파충류의 긴 혀처럼 몸에 감겨들 때마다 살갗이 터지며 부풀어 올랐다. 종국에는 채찍이 목을 휘감았다. 온몸이 저리고 숨이 막혀올 때쯤에서야 채찍의 모양새가 눈에 들어왔다. 그것은 길고 붉은 탯줄이었다. 점점 조여드는 질긴 탯줄을 풀어내려 안간힘을 쓰다가 눈을 뜨자, 가위에서 놓여난 몸이 맥없이 가라앉았다.

아기를 집으로 데려온 날은 새벽부터 비가 내렸다. 오후 내내 곤히 자고 깨어난 아기는 밤새 칭얼댔다. 아내는 아기에게 제대로 빨아대지도 못하는 젖을 물렸다. 나는 지대가 낮은 곳에 위치한 창문으로 비가 넘쳐들까 봐 손전등을 수시로 비추어 보았다. 아내가 작은 손바닥 위에 약지손가락을 갖다 대면 아기는 무의식적으로 손을 오므려 그러쥐었다. 아내는 새삼 아기를 가졌을 무렵 꾸었다는, 색색의 꽃봉오리가 만발한 덤불을 본 태몽 이야기를 꺼냈다.

모빌이 돌아가며 귀에 익은 멜로디가 흘러나왔다.

"옛날엔 조산하면 뭐 별도리가 있었나. 그냥 죽으라구 윗목에 아무렇게나 던져놔두 살 놈은 손가락 빨아가며 다 살게 되어 있드라구."

나는 언젠가 미숙아를 손자로 둔 노파가 스치듯 중얼거렸던 말을 떠올렸다.

아기가 울기 시작한 건 이틀째부터였다. 창밖에서는 여전히 빗발이 내리치고 있었다. 아내와 나는 번갈아 아기를 안고 방 안을 맴돌았다. 아기의 얼굴이 상기되며 고열이 오르자 아내는 손끝을 떨며 병원에서 준 시럽을 젖병에 채워 넣었다. 아기는 젖병 속에서 출렁이는 주홍빛의 걸쭉한 액체를 악을 쓰며 그대로 토해냈다. 아내 품에서 울어대던 아기가 목젖을 보이며 자지러지더니 돌연 경련을 일으켰다. 응급실에 도착했을 땐 이미 아기의 얼굴이 새파랗게 질려 있었다. 아내는 레지던트가 달려올 때까지 아기를 끌어안고 있었다. 병원 로비의 텔레비전에서는 비가 그친 후 움트기 시작한 가로수의 새싹들이 비춰졌다. 환자복을 입은 남자 두 명이 로비에 앉아 새벽 뉴스를 보고 있었다.

아기는 얼마 버티지 못했다.

강둑에서 아기의 유골을 뿌리던 날, 아내는 어깨를 들썩이며 가루를 두 번도 채 쥐어 뿌리지 못했다. 뼛가루의 대부분은 내

면장갑 아래서 흩뿌려졌다. 집으로 돌아온 아내는 한 번도 먹여보지 못한 새 분유를 뜯어 하수구에 털어 넣었다. 분유 가루는 물에 불은 채로 싱크대 속에 덩어리져 있었다.

언어맞아보지 않고서는 자신의 약한 부위를 알 수 없다. 또한 자신의 약점을 아는 사람만이 그것을 보완하려는 의지로 강해질 수 있다. 10분은 버틸 거라던 상처는 한 라운드가 끝나기 무섭게 아가리를 쩍 벌리고 피를 쏟아냈다. 박 코치는 보조 세컨드에게 욕을 퍼부으면서도 섣불리 내게 경기를 포기하라고 말하지 못한다. 보조 세컨드는 이대로 놓아두면 출혈이 심해질 것이라 경고한다. 놈의 턱 부상도 분명 심상치 않을 텐데 힘들어하는 기색은커녕 나를 향해 입을 찌그러뜨리며 웃는다. 흘러내린 피 때문에 눈꺼풀이 끈적인다. 감긴 눈꺼풀을 그대로 두고 싶어진다. 짧은 어둠이 달게 느껴지는 것은 공격력이 저하됐다는 것이다. 보조 세컨드는 스펀지로 피를 닦아낸다. 상처가 부어감에 따라 왼쪽 눈의 시야가 점점 좁아진다. 박 코치가 마우스피스를 닦아 보조 세컨드에게 건넨다. 공이 울린다. 다시 글러브를 맞부딪치며 링 가운데로 나아간다. 그때, 심판이 브레이크를 선언하고 링 아래로 내려간다. 놈과 나는 긴장된 표정으로 관중석 앞을 돌아본다.

붙들고 있던 기둥이 사라지고 나자 아내와 나는 해일처럼 덮쳐오는 빚에 맥없이 휩쓸렸다. 관장은 체육관으로 찾아오는 사내들 때문인지 내가 연습 나오는 것을 달갑지 않게 여겼다. 아내는 여전히 말이 없었으나 천천히 안정을 찾아가는 것 같았다. 식당 일을 시작했고, 아기의 빈 공간을 내색하지 않고 나를 바라보았다. 날이 따뜻해지면서 일용직 일을 하기가 수월해졌다.

야간 일에서 돌아와 정오가 지나도록 정신없이 잠들어 있을 때였다. 휴대폰이 울렸다. 잦은 빚 독촉 전화로 인해, 건너편에서 말을 걸어올 때까지 침묵하는 것이 습관이 되어 있었다. 전화를 걸어온 것은 전에 살던 집의 주인 여자였다.

내가 찾아갔을 때, 아내는 그 집 현관 앞 계단에 앉아 있었다. 봄볕이 아내의 이마 위로 내리쬐었다. 마당 구석의 살구나무 그루터기 뒤편으로 못 보던 화단이 트여져 있었다. 담벼락을 덮은 담쟁이덩굴이 한창 여린 잎을 피워내는 중이었다.

"며칠 전에도 한참을 저러고 있다 가드만 오늘은 아예 일어날 생각을 안 하네. 새댁 대체 왜 저런대?"

주인 여자는 곤란하다는 낯빛으로 나를 쳐다보았다. 나는 아내의 팔을 잡아 일으켰다. 아내는 순순히 따라 일어섰다. 사거리로 나온 아내는 집으로 가자는 것을 마다하고 혼자 식당으로 향했다.

사내들은 밤낮을 가리지 않고 찾아와 문을 두드렸다. 아내는 늘 잠이 부족해 보였다.

일이 없는 날이면 체육관으로 가 스피드 볼을 때렸다. 터뜨릴 듯한 기세로 아무리 주먹질을 쏟아부어도 스피드 볼은 매번 태연스레 제자리로 돌아왔다. 집중력이 형편없이 저하되어 있었다. 관장과 박 코치에게 경기를 부탁했지만 연락은 오지 않았다.

빚이 시멘트 벽이라면 우리 부부는 벽을 무너뜨리고 있기는커녕 그저 귀퉁이를 철사로 긁어 부스러기나 조금씩 털어내고 있는 꼴이었다. 사월이 끝나가던 어느 날 나는 인력시장에서 한 남자와 시비가 붙었다. 노동판에서 뼈가 굵은 남자는 제법 몸집이 있는 편이었다. 내 멱살을 잡아 올린 그를 향해 주먹을 내뻗던 나는 멈칫했다. 잘못되기라도 하면 뒷감당을 할 여력이 없다는 생각이 뇌리를 스치고 지나는 순간, 거친 발길질이 가슴팍으로 날아왔다. 얻어맞고 마음이 편하기는 처음이었다.

박 코치가 글러브를 벗긴다. 손에 감긴 밴디지까지 풀어내고 나자 심판이 다가와 준비되었느냐고 묻는다. 시합 주최 측에서는 베어너클 시대식의 맨주먹 경기를 요구했다. 놈은 주먹을 폈다 쥐며 걸어 나온다. 나와 놈, 둘 중 하나가 일어나지 못하게 되기 전까지 공은 이제 울리지 않을 것이다. 놈은 복부를 향해 선두 잽을 날린다. 관중석에서는 홍이 고조된 듯 응원 소리가 불거진다. 놈의 관자놀이를 가격한다. 눈에 흰자를 내보이며 물러나는 듯하던 놈은 이내 고개를 바로 가누며 나를 노려본다. 놈이 난폭하게 마우스피스를 뱉어낸다. 관중석의 호응이 높아진다. 놈이 가드를 올리며 다가온다. 나도 모르게 목덜미가 뜨거워진다. 나는 놈이 가까이로 접근하지 못하도록 아래턱을 향해 쉴 틈 없이 주먹을 날린다. 놈의 입술 사이로 피가 튄다. 그러나 이내 다시 좌우로 목을 돌리며 다가온다. 피멍이 번진 눈썹을 지느러미처럼 움칠거린다. 일본 프로 복싱계에서 은퇴한 놈은 이 바닥에선 인기가 좋은 선수라고 했다. 놈이 입에 머금은 핏덩어리를 뱉어낸다. 링 밑에서 나에게 공격을 부추기는 고함 소리가 커진다. 휘청거리며 로프에 기대어 서 있던 놈이 몸을 내던지듯 덤벼든 것은 뜻밖이었다. 놈은 머리로 내 왼쪽 눈가의 상처를 정확히 들이받았다. 몸이 둔중하게 무너진다. 빛이 뭉개진다. 놈의 그림자가 어른거린다. 가까스로 몸을 일으킨 나는 휘청이며 코너로 향한다. 귓가에 욕지거리가 섞여든다. 파울을 반복하는 놈에 대한 비난이 아니라 다운될 지경에 이른 나를 향한 야유였다. 로프를 붙잡고 무릎의 중심을 세우며 자세를 잡는다. 놈이 여유롭게 다가온다. 펀치를 때리려는 놈의 몸을 껴안듯 덮친다. 공격이 불가능하게 홀딩을 당한 놈은 내 몸을 거칠게 떼어내려 한다. 놈의 어깨 위로 내 피가 흘러내린다. 놈도 나만큼이나 지쳤다. 정신을 가다듬은 후에야 놈의 몸을 풀어놓는다. 다시 가드를 올린다. 나는 연신 중얼거린다. 지금 내 몸 위를 흐르는 것은 피가 아니라 붉은 땀이다. 땀.

전에 살던 집의 주인 여자는 얼굴이 창백하게 질려 있었다. 전처럼 현관 계단에 걸터앉아 곧 돌아가겠다던 아내가 주인집 어린 아들을 데리고 사라졌다는 것이었다. 신고를 하겠다는 것을 말리며 아내의 사정을 변명했다. 주인 여자는 이야기를 듣자 더욱 펄펄 뛰었다. 동네 곳곳을 찾아 헤매던 중 휴대폰이 울린 것은 해가 질 무렵이었다. 아내는 친정이라고 했다.

주인 여자는 아이가 돌아와 방금 잠들었다고 말했다. 동네 형들을 따라 근처 학교를 구경 갔던 모양이라고 했다. 미안하다며 연거푸 사과하는 여자를 뒤로하고 돌아섰다.

아내가 집을 비운 지 사흘째 되던 날, 처남에게서 연락이 왔다. 일을 마치고 서산행 막차에 올랐다. 민박집을 하는 처갓집은 바다와 근접해 있었다. 툇마루에 앉아 있던 처남은 아내가 바닷가에 나가 있다며 담배를 피워 물었다. 가진 것 없고 볼 것 없던 나와 아내의 결혼을 결사반대했던 처남의 표정이 썩 마땅찮았기에 곧장 밖으로 나왔다. 어둠이 내려앉은 바닷가에서 아내를 찾기란 불가능했다. 파도 소리가 발목을 끌어당겼다. 우두커니 선 채로 굳은 침을 삼켰다. 하늘과 바다의 경계가 보이지 않았다.

아내는 돌아오는 내내 말이 없었다. 나는 차창에 머리를 기댔다. 어슴푸레한 창밖으로 멍든 새벽이 다가오고 있었다.

"병원에 계속 있었어도 힘들었을 거야. 당신도 그렇게 생각하죠?"

버스가 휴게소에 멈춰 섰을 때, 아내가 혼잣말처럼 중얼거렸다.

점심때가 지난 국밥집은 한산했다. 박 코치는 잔에 술을 채웠다. 좁은 자리에서는 주방이 훤히 들여다보였다. 노파는 기름때 낀 국자를 솥 위에 걸쳐둔 채, 빈 소주 상자에 앉아 졸고 있었다.

“알다시피 사정이 좋지가 않어. 자네 몸도 예전 같지는 않고.”

박 코치는 쓴 입맛을 다시며 말했다. 물이 말라가는 좁은 웅덩이에 새 고기들은 끊임없이 생겨나고 있는 것이 복싱계의 실정이었다. 잠시 건조한 정적이 흘렀다. 박 코치는 슬쩍 내 눈치를 보더니 시합을 붙을 방법이 아주 없는 것만은 아니라며 말끝을 흐렸다.

박 코치가 제안한 것은 투견판과 다를 것이 없는 도박판이었다. 앞서 판을 지나쳐갔다는 낯익은 이름들이 거론되었다. 대부분 지금은 퇴물 취급을 받는 은퇴 선수들이었다. 매 시합에 걸리는 판돈과 이길 시 선수에게 지급되는 배당금은 예상치를 뛰어넘는 액수였다. 그도 아직까지는 구경만 했을 뿐, 세컨드로서 실전에 뛰어본 적은 없다고 말했다. 알려지면 타이틀과 선수 자격 박탈은 물론이고 경우에 따라서는 목숨까지 담보로 하는 게임이었다. 박 코치의 말대로라면 실상 복싱 경기의 규

칙은 무용지물이고 시시각각 링 아래서 요구하는 사항이 곧 링 위의 법이었다. 승패와 무관하게 반병신이 되는 시합이기에 세 번 넘게 도전하는 선수가 거의 없다고도 했다. 그는 천천히 생각해보라며 내 어깨를 두드렸다.

희망은 때때로 잔인하다. 불투명한 앞날을 위해 무작정 위험을 무릅쓰는 인간의 무모함을 정당함으로 착각하게 만들곤 한다. 관중석에서 날카로운 휘파람 소리가 귓가를 스친다. 놈의 손목뼈 부근에 새겨진 화살촉 모양의 문신이 눈에 들어온다. 놈은 가드의 긴장을 조인 채로 풋워크를 밟는다. 더 이상 섣부른 공격으로 힘을 낭비할 겨를이 없다. 턱으로 날아오는 놈의 잽을 간신히 피해낸다. 의지와는 달리 의식이 서서히 풀려가기 시작한다. 몸 구석구석에서 느껴지는 통증 탓인지 집중력이 분산된다. 이 상태로는 주먹을 명중시킬 가능성이 희박하다. 게다가 상대는 이런 시합에서 버텨내는 요령을 익힌 몸이다.

놈이 호흡을 조절하며 나를 노려본다. 내게 알아듣지 못할 말을 씹어뱉으며 얼굴을 일그러뜨린다. 놈의 눈가를 향해 주먹을 뻗치는 것과 동시에 주먹이 내 안면으로 날아든다. 찰나의 크로스카운터, 놈과 나는 재빨리 서로에게서 떨어져 얼마간 거리를 유지한다. 놈의 주먹은 자신감에 차 있다. 지금 상황에서 내가 할 수 있는 유일한 일은 체력전으로 버텨보는 것뿐이다. 그러나 출혈 상태에서 경기 시간을 지연시키는 것은 일부러 독을 삼키는 행위와도 같다. 나도 모르게 말라비틀어진 웃음이 새어 나온다. 놈이 살기를 띠며 달려들더니 숨 쉴 틈 없는 주먹질로 몰아친다. 입안에 끈적거리는 것이 고인다. 뒷걸음질 치던 나는 로프에 젖은 빨랫감처럼 걸쳐진다. 링 아래서 초조해하는 박 코치의 모습이 어른거린다. 그때, 눈앞으로 날아오는 내 피로 물든 놈의 주먹. 아내가 갓 쏟아낸 핏덩이를 닮았다.

의사는 아내의 우울증 증세 정도는 요즘 사람들에게는 흔한 것이라고 했다.

"당신 기억나죠. 우리 결혼하기 전에 엄마가 궁합 봐다 준 거. 그땐 헛소리라고 한 귀로 듣고 흘렸는데…… 그거 정말 맞는 말이었나 봐."

쉽게 잠들지 못하고 뒤척이던 아내가 천장을 바라보며 입을 열었다. 잠든 척 대꾸하지 않았다. 아내는 한숨을 내쉬며 돌아누웠다. 아내의 어깨를 감싸 안을까 망설이다가 그만두었다. 장마전선이 중부지방으로 내려오기 시작했다더니 자정을 넘어서부터 가는 빗줄기가 내리치고 있었다. 방바닥에서 습한 곰팡이 냄새가 올라왔다.

"우리는 왜 이 모양으로 사는 거지."

아내의 건조한 목소리가 잔금처럼 정적을 갈랐다.

나는 신참 시절 경기에서 두 대의 치아를 잃었다. 의치를 해 넣었지만 번번이 얼마 버티지 못하고 빠져나갔다. 이가 빠진 잇몸을 혀로 훑노라면 깊게 파인 빈 공간의 아득함이 혀끝에 와닿았다. 돌아누운 작고 초라해 보이는 아내의 등은 그때의 공허감을 느끼게 했다.

아내는 식당 일을 그만두었다. 시도 때도 없이 들이닥치는 빚쟁이들도 문제였지만 무엇보다 기력이 너무 많이 쇠잔해져 있었다. 약국에서 소개시켜준 간호사를 불러 집에서 링거주사를 놓아주었다. 그 무렵 나는 아내와 오래 마주 앉아 있기를 꺼려 했다. 그녀의 마른 입술 사이에서 금방이라도 내뱉어질 것만 같은, 내가 감당할 수 없는 말들을 피하고 싶었기 때문이다. 잠들어 있던 아내는 링거 병이 거의 다 비워졌을 때쯤 눈을 떴다. 아내는 머리맡에 앉아 있는 나를 올려다보았다. 무언가 하고 싶은 말이 있는 것 같아 보였지만 나는 그녀의 팔에서 뽑은 주삿바늘과 빈 링거 병을 손에 들고 서둘러 자리에서 일어났다. 지하 방의 벽을 타고 빗물이 흘러내렸다. 밤새 잠을 설치며 방바닥에 고이는 물을 훔쳐내야 했다.

여느 때와 다르게 아침을 먹고 집을 나섰다. 체육관에서는 박 코치가 기다리고 있었다. 시합은 저녁 6시에 잡혀 있었다. 경기 전에 박 코치로부터 럽다운을 받는 것도 오랜만이었다. 그는 선수들의 근육을 잘 다루는 편이었는데, 그것은 단순한 마사지 실력이라기보다는 그가 능숙하게 이뤄내는 선수와의 교감이었다. 창고를 빌려 만들었다는 시합장은 시내 외곽에 자리하고 있었다. 경기가 시작되기 전 아내에게 전화를 걸었다.

신호가 한참 굴러갔지만 아내는 받지 않았다.

상처가 고통으로 다가오는 것은 어쩌면 살갗이 찢어지는 순간이 아니라 상처를 눈으로 확인하는 순간인지도 모른다. 놈의 주먹이 이제까지와 다른 몇 배의 충격으로 쉴 새 없이 꽂혀든다. 맨주먹의 펀치를 커버링하는 것은 무의미한 짓이다. 관중석의 욕지거리가 짙어진다. 내 주먹이 공중에 헛스윙을 한다. 한쪽 눈만의 시야로는 놈의 움직임을 재빠르게 쫓지 못한다. 흠씬 당하는 것은 이쪽인데도 놈에게서는 아까와 같은 여유가 보이지 않는다. 더 이상 라운드의 쉼을 알리는 공이 울리지 않는 것이 내겐 오히려 다행이다. 이 상태로 주저앉았다가는 두 번 다시 다리에 힘을 실어내지 못할 것이다. 몇 걸음 물러난 놈이 턱을 매만진다. 놈의 아래턱뼈에는 아까 꽂힌 어퍼컷이 적잖은 후유증을 남긴 것 같다. 놈의 잇따른 공격으로 눈가의 상처는 이미 통증을 넘어 감각이 무뎌진 상태다. 놈을 향해 상대편 코치가 뭐라고 외쳐댄다. 놈은 링 바닥에 침을 뱉으며 다시 접근을 시도한다. 박 코치도 질세라 나를 향해 소리치지만 알아들을 수 없다. 놈을 피해 코너로 뒷걸음질 친다. 놈은 가드를 푼 채 다가온다. 놈이 어금니를 물고는 주먹을 치켜든다. 더 이상 물러날 곳이 없다. 오른쪽 발과 함께 허리의 반동을 이용한 놈의 스트레이트가 직선을 그으며 날아오는 순간, 짧은 비명소리가 링 위로 불거진다. 장내에는 찰나의 정적이 돈다. 놈은 신음 소리를 흘리며 바닥으로 고꾸라진다. 날아오는 놈의 주먹을 피하며 무의식중에 심장부를 겨냥해 꽂은 카운터가 제대로 먹혀든 것이다. 놈은 나를 향해 내던졌던 파괴력을 제 몸으로 고스란히 돌려받았다. 관중석에서는 놈에 대한 마무리 공격을 부추긴다. 그 요란스러운 소리에 떠밀리다시피 놈에게로 바짝 다가선다. 일어나서도 자세를 제대로 못 잡고 있는 놈의 복부와 턱에 연속해서 주먹을 꽂는다. 놈의 몸은 맥없이 허우적거리더니 결국 되살아나지 못하고 널브러진다. 심판이 다가와 놈의 상태를 살핀다. 난잡하게 뒤엉킨 소음들이 차차 귓가에서 멀어진다. 심판이 내 팔을 힘껏 치든다.

눈가의 상처는 별 무리 없이 꿰매어졌다. 혹 녹내장의 위험이 있을지 모르니 3개월 뒤에 다시 검사를 받아보라는 진단이 내려졌다. 고막이 터져버린 오른쪽 귀의 청각은 되살려낼 수 없다고 했다.

밥상 위에는 부연 곰국이 놓여 있다. 시합이 끝난 후에는 입이 부어 밥을 씹기가 어렵기 때문에 아내는 늘 곰국을 끓이곤 했다. 아내가 수저를 들다 말고 잠시 생각에 잠긴 듯 가만히 앉아 있었다. 입을 열려 하는 아내를 일부러 외면하며 방구석에 내팽개쳐진 가방을 끌어당긴다. 검붉은 핏자국이 묻은 트렁크스와 수건 사이로 흰 봉투가 비스듬히 끼워져 있다. 아내 앞으로 봉투를 밀어놓는다. 병원으로 향하던 차 안에서 박 코치가 했던 말이 귀에 맴돈다.

"이게 중독성이 있댄다. 방송 좀 타고 인기깨나 있는 놈이라도 솔직히 이런 돈 만져보기 힘들잖아. 일단 한번 이기고 나면 병신 돼서 주먹 쓰기 힘들어질 때까지는 지가 판을 뜨질 못한다더라. 늪이지, 늪."

곰국이 뜨겁다. 봉투 위에 머물던 아내의 시선이 거두어진다.

"여보."

아내는 한숨을 내쉬며 나를 바라본다. 지하 방의 창문을 열면 30센티미터도 채 못 미치는 거리에 담벼락이 드리워져 있다. 시멘트 벽의 축축한 그늘이 어느새 아내의 눈 속까지 번져든 것 같다. 나는 수저를 국에 담근 채 대꾸하지 않는다. 벽을 타고 흘러내렸던 빗물 자국이 쥐 오줌 얼룩처럼 누렇게 남아 있는 것을 바라본다.

"어떻게 해야 할지 모르겠어요."

아내의 말꼬리가 가늘게 떨리는 것을 느끼며 나는 고개를 숙인다. 아내는 서랍 속에서 무언가를 꺼낸다. 아내가 내민 것은 한 장의 사진이었다. 사진 속에는 낯익은 부채 모양의 검은 동굴이 드러나 있었다. 붓기와 꿰맨 상처의 통증에 짓눌려 있던 눈이 떠진다. 초음파 사진 속의 한 귀퉁이에 작은 손자국 같은 태아의 흔적이 희고 선명하게 찍혀 있다.

"딱 한 번이었잖아. 설마 했어요. 당신 모르게 그냥 지워버릴까도 했었는데……"

아내는 웃는 것도 우는 것도 아닌 애매한 표정으로 나를 건너본다. 나는 천천히 사진 위를 더듬는다. 손끝으로 뜨뜻한 양수가 고이는 듯하다. 뜨거운 것을 삼킬 때처럼 목울대가 뻐근해진다.

놈과의 싸움에서 나를 버티게 한 것은 훈련된 펀치나 순발력 따위가 아니었다. 주체할 수 없는 파괴 욕구나 욕망의 날이 선 승부욕, 혹은 내 쪽에 돈을 건 사람들의 광기 어린 응원도 아니었다. 아내의 눈빛과 박 코치의 고함 소리 같은 것은 공이 울리는 순간 이미 하얗게 지워져 있었다. 상대 선수 앞에서 나를 끈질기게 버티도록 붙들어놓곤 했던 것은 오직 한 가지뿐이었다.

제발…… 제발 이번이 마지막이었으면 좋겠다는 생각.

잉어

"구청에서 오셨지여?"

여자가 흐트러진 머리칼을 쓸어 올리며 문을 연다. 쉰 중반쯤 되었을까. 환히 웃는 입술 아래로 왼쪽 앞니가 검은 테를 두른 모양으로 썩어 있다. 황달기가 있는 통통한 몸은 살이 올랐다기보다는 부은 것처럼 보인다. 후텁지근한 집 안에서 묵은 쌀냄새가 난다. 처녀는 샌들을 벗고 방바닥에 발을 디딘다.

"근데 몸이 그리 말라서는 일 부탁하기두 미안시럽네."

실내는 부엌을 겸한 좁은 마루와 방 한 칸, 화장실이 아귀다툼하듯 붙어 있는 구조다. 여자가 앞서 방 안으로 들어간다.

"노인네가 이리 곯아 보여두 뒤집고 닦이고 하려면 보통 일이 아니에여."

혀가 짧은 여자는 한쪽 눈에 삼이 섰다. 처녀는 가방을 내려놓고 이부자리 위에 누운 노파를 내려다본다. 남자처럼 머리를 짧게 민 노파는 중풍에 걸려 말도 하지 못한다고 했다. 생을 향한 온몸의 기력을 두 눈에 쏟아부은 듯 독기 어린 눈동자가 처녀를 올려다본다.

처덕처덕. 화장실 쪽에서 무언가를 치대는 소리가 들려온다. 여자는 개의치 말라며 물에 젖은 손을 저어 보인다.

"잉어에여, 잉어. 노인네가 암것도 안 잡숫고 저거 고아낸 것만 먹어여."

여자는 싱크대로 다가가 수건을 빨기 시작한다. 두꺼운 팔뚝이 능숙하게 수건을 비벼 헹구고는 야무지게 물기를 짜낸다. 처녀의 시선이 싱크대 벽면에 붙박인다. 시커먼 때가 껴 있다. 여자가 비틀어진 수건을 처녀에게 건넨다.

"팔뚝만 한 거를 고아서 냉장고에 두면은 일주일은 먹어여. 봐봐여. 그니까는 노인네가 비쩍 야위었어두 얼굴에는 기름기가 돌지."

그러나 노파의 얼굴은 몇 년째 벽에만 걸어두어 메마른 꽈리처럼 주름지고 건조하다.

"요즘은 아가씨처럼 나라에서 도와주러 오고 하니까는 내가 한결 나아여. 내 몸두 전 같지가 않어서."

여자가 노파의 옷을 벗긴다. 얇은 모시 윗옷과 항아리 바지를 벗겨내자 노파의 몸에는 두툼한 기저귀만 남는다. 속을 빨아 먹고 남은 미더덕 껍질처럼 축 늘어진 젖 아래로 갈비뼈가 앙상하다.

"이렇게 몸을 싹싹 문질러여. 등이랑 겨드랑이랑 문지르구 부채질해주구, 또 가슴팍이랑 다리랑 해주구 부채질하구."

화장실에서 양푼 같은 것이 요란스레 타일 바닥에 부딪히는 소리가 들려온다.

"나는 저거 손질하고 있을 테니까 일 있으면 불러여."

여자가 모기 물린 팔목을 긁으며 화장실 문을 연다. 처녀는 열린 문틈으로 두툼한 생물이 성깔 있게 튀어 오르는 걸 본다. 손톱만큼 큼직한 회갈색 비늘 위로 화장실 전구 불빛이 반사되어 번뜩인다. 여자는 녹색 때밀이 의자 위에 앉아 타일 바닥 위에 펄떡이는 잉어를 다시 양푼으로 옮겨 넣는다. 찰박찰박. 얕은 물속을 헤엄치는 소리가 귓전에 부딪친다.

"잉어는여 데려오면 물에 하루 담가놔야 되여. 그래야 얘가 토두 하구 똥두 싸구 해서 속 알맹이가 깨끗해지는 거예여."

처녀는 수건을 쥐고 노파 옆에 앉는다. 비틀어진 것을 펴서 네모나게 접고 땀이 송골송골 맺힌 노인의 젖가슴 사이를 쓸어내린다. 방을 향해 등을 보이고 앉은 여자는 화장실에서도 쉴 새 없이 재잘거린다.

"왜 사람들 보면 잉어 통째로 고아버리잖아여? 그러믄 씁쓰름해서 노인네가 입두 안 대여. 그래서 손이 가두 내장을 싹 발러내야 돼여."

차가운 수건이 살갗에 닿을 때마다 노인의 몸이 가늘게 떨린다. 처녀는 꼼꼼한 손길로 빈틈없이 노파의 몸을 닦아낸다. 주름 한 올 한 올 틈에 낀 땀줄기를 훔치고, 이따금씩 입술 끝에 흘러내리는 침을 꾹꾹 눌러 닦아준다.

"잉어 파는 가게가 며칠 문을 닫은 거예여. 거기 잉어가 싱싱한데. 그래, 어제는 노인네가 꼬박 굶었지 뭐예요."

여자의 겨자색 티셔츠가 땀에 젖어 등판에 찰싹 달라붙었다. 브래지어를 하지 않은 모양인지 비치는 끈 자국이 없다. 처녀는 싱크대로 가서 다시금 수건을 헹군다. 투둑, 투둑. 실밥 뜯어지는 소리가 들려 돌아보자 서슬 퍼런 칼끝에서 잉어 배가 갈라지고 있다. 붉은 피가 스며 나오는가 싶더니 잉어 몸뚱이는 못 먹을 것을 입에 담고 있던 사람처럼 왈칵 내장을 쏟아낸다. 처녀는 힘주어 수건을 짠다. 아무리 비틀어도 물은 끊임없이 줄줄 흘러나온다. 칼날이 내장을 끊고 잉어 배 속을 석석 긁어낸다. 깨진 타일 바닥 위로 희거나 쭈글쭈글한 내장들이 유연하게 미끄러진다. 여자는 물을 한 바가지 퍼 도마 위에 붓는다. 아직 숨이 붙은 잉어는 꼬리로 여자의 팔목을 후려쳐가며 팔팔하게 퍼덕인다.

"잉어만 드신 지두 5년째네여. 재작년에 풍 오기 전까지만 해두 건강하셨어여. 근데 요 앞에 골목 계단 오르다가 고꾸라진 적이 있거던여? 그 뒤로는 꼼짝을 못 하더니 저리 되신 거예여. 지금이나 이러지 그전에는 60킬로도 더 나가셨어여."

고무장갑도 끼지 않은 여자의 손이 잉어 배 속에 남은 한 줌

알의 물기를 꽉 짜낸다. 처녀는 여자의 어깨 너머로 뻐끔이는 잉어의 아가미를 내려다본다.

"사람 몸이 참 금방 마르데여."

처녀는 노파의 몸을 뒤집는다. 베개에 얼굴이 눌리지 않도록 고개를 장롱 쪽으로 향하게 돌려놓는다. 앙상한 등판 위로 척추가 앙칼지게 불거져 있다. 노파는 쇳소리를 내며 숨을 몰아쉰다.

"술 담배를 평생 하셨는데두 풍채가 좋구 건강하셨어여. 그건 집안 내력인지…… 내 위로 오빠가 둘에 셋째 언니가 하나 있는데여, 다 그리 몸이 좋아여. 나도 그렇구."

양푼에 잉어를 던져놓은 여자가 손을 대충 헹구고 싱크대로 간다. 찬장을 열어 곰솥을 꺼내어 가스레인지 위에 얹는다. 여자는 손바닥에 참기름을 덜어내더니 부지런히 곰솥 안쪽에 기름칠을 해댄다. 이를 슬며시 드러낸 모습은 사뭇 신이 오른 어린애 같다.

"셋째 언니는 미국에 있어여. 애가 둘인데 쌍둥이래여. 결혼하자마자 미국으로 가서 나는 조카 얼굴은 모르지여. 사실 형부도 사진으로밖에 못 봤지. 상견례 때랑 결혼식 날 나만 못 갔거든여. 장마 땐데 집에 물이 새서 노인네가 나더러 집을 보라 했거든여. 그해 장마는 아주 독했지여. 반지하인 데다 하수구가 맥혀서 물이 발목까지 찼어여. 쓰레받기로 종일 퍼냈는데두 장롱이구 뭐구 다 젖었지. 근데여, 노인네가 와서 구멍 뚫는 사람을 부르니까는 뭘 하수구에 쑤셔 넣더만 1분 만에 뚫어내데여? 나 참, 재주도 좋지."

가스레인지 불이 켜진다. 곧 곰솥이 달구어지며 고소한 참기름 냄새가 퍼진다. 생선 비린내를 맡을 때만 해도 멀쩡했던 처녀는 갑자기 비위가 상해 헛구역질을 삼킨다. 물기 머금은 수건을 들고 서둘러 방 안으로 들어온다. 기름 튀는 소리가 들리자 여자는 잉어가 담긴 양푼을 들고 나온다. 여자는 억센 손으로 잉어 대가리와 꼬리를 꽉 움켜쥔다. 그러고는 달구어진 곰솥에 잉어 비늘을 지진다. 잉어는 마지막 힘을 다해 필사적으로 몸부림을 쳐댄다. 잉어의 몸부림에 따라 여자의 팔뚝 살도 출렁인다. 곧 부엌에서 희뿌연 연기가 치솟는다. 앙다문 입술 때문에 여자의 양볼 근육이 심하게 씰룩인다. 맥을 잃은 잉어가 솥에 던져진다. 여자는 껍질 벗긴 생강 몇 알을 넣고 솥 가득히 물을 채운다. 그러고는 한숨 돌렸다는 듯 티셔츠 자락을 끌어당겨 콧등의 땀을 훔친다. 거무튀튀한 뱃살이 고스란히 드러난다.

"고 조카들은 거기서 대학을 다니는데 영어를 그렇게 잘한대여. 미국서 평생을 살았으니 이젠 아주 미국인이지, 뭐. 한국은 답답해서 못 온다데여. 좁으니깐."

여자가 으스대는 투로 말하며 방의 문지방을 넘는다.

"저기요."

처녀가 마른침을 삼키며 입을 뗀다.

"잉어는 민물고기라서 칼이랑 도마 같은 거…… 깨끗이 소독하셔야 하는데요."

여자가 어리둥절한 표정으로 처녀를 쳐다본다. 처녀는 손에 쥐고 있던 수건을 여자에게 넘겨준다.

"부엌은 제가 치울게요."

"아가씨가 먼 힘이 있어가지고……"

여자는 중얼거리면서도 수건을 받아 든다. 그녀는 노파의 사타구니께에 코를 갖다 대고 킁킁거리더니 봉지에서 새 기저귀를 꺼낸다.

"제 엄말 닮아서 머리가 좋을 거예여. 조카들이여. 언니가 어려서 공부를 잘했거던. 전문대도 나오구. 우리 집에서 대학 나온 사람은 언니밖에 없어여. 근데두 노인네는 딸이라구 그리 무시를 했어여. 오빠들 기를 빨아먹어서 지가 다 쓴다구여. 에이, 그런 게 어딨데여."

혀를 차던 여자가 갑자기 낄낄 웃는다.

"노인네 자기 얘기하니까는 눈을 부라리시네. 귀는 아직 밝으셔여."

처녀는 고무장갑을 끼고 새 냄비에 물을 받는다. 화력을 세게 조절해두고 개수대 언저리에 놓인 철수세미를 집어 든다.

"언니는 한 번두 노인네한테 진 적이 없어여. 언제는여, 둘이 마당에서 머리끄덩이를 잡고 싸우더라니까여. 아무리 그래두 엄마랑 딸인데여, 서루 상소리를 해대믄서 정강이구 배때지구

막 걷어차는 거예여. 주인집에서 나와 말려두 소용이 없어여. 그래서 둘째 오빠가 찬물을 갖다 냅다 뿌렸지여. 언니가 그때 스무 살이었나. 암튼 그날 짐 싸 들구 집을 나갔어여. 노인네는 지가 무슨 돈으루 먹구살겠느냐, 할 수 있는 게 밑 파는 일밖에 더 있겠느냐면서 비웃었는데……"

둘둘 말린 헌 기저귀가 데구르르 방바닥을 굴러 처녀의 눈에 들어온다. 물이 끓기 시작한다. 처녀는 물이 독기를 품고 팔팔 끓어오를 때까지 기다렸다가 불을 끈다. 화장실의 도마를 들고 와 뜨거운 물을 슬슬 붓는다. 수차례 칼을 소독하고도 남은 물은 싱크대 벽면에 골고루 붓는다. 숱 많은 머리카락 속에서 땀이 배어 나온다.

"결혼할 때 돼서 형부가 집에 있던 빚 갚으라고 5백을 줬어여. 그러구 나서 엄마랑 언니가 화해를 했지여. 근데 그 빚은 아직두 있어여. 둘째 오빠가 5백을 홀랑 들구 가서 까먹었거던여."

여자는 땀에 절은 윗옷을 펄럭인다. 처녀는 철수세미에 세제를 잔뜩 풀어 개수대를 벅벅 문지른다. 이끼 같은 물때가 조금씩 벗겨진다. 그사이 여자는 장롱 서랍에서 새 옷을 꺼내 노파에게 입히고 있다.

"둘째 오빠도 어릴 땐 머리가 좋았지여. 근데 사업 말아먹구 못된 친구들을 만나서 화투를 친 거예여. 어디 간다는 말두 없이 집을 나가서 석 달 만에 돌아왔는데 배에 흉터가 있지 않겠어여? 콩팥은 벌써 하나 빼 갔구, 잘못하면 발목두 잘리게 생겼다구 했어여."

관자놀이에서 뺨으로 미끄러진 땀방울이 턱 끝을 타고 개수대에 떨어진다. 처녀는 겨드랑이가 축축하게 젖는 것을 느끼면서도 수세미질을 멈추지 않는다.

"그래두 지금은 철물점 하면서 잘 살아여. 노인네는 오빠가 도박병이 든 게 아버지 때문이라고 그래여. 애 낳던 날 아버지가 화투판에서 돈을 따왔는데 그거 땜에 부정이 탔다구여. 할매 말로는 그 돈으루 미역도 사구 고기두 사서 노인네 몸보신을 했다는데여."

뚜껑 덮은 곰솥에서 비릿한 냄새가 올라온다. 처녀는 개수대를 헹구고 화장실을 들여다본다. 잉어 내장을 담은 비닐봉지가 변기 옆에 대충 버려져 있다. 타일 바닥 틈새에는 핏물이 고여 있다.

"제일 조용히 사는 건 큰오빠예여. 몇 해 전까지는 아버지 제사도 치르러 오구 했는데, 노인네 누운 뒤로는 통 안 오데여. 하기사 울산에서 서울까지 오기가 좀 멀겠어여? 오빠는 처갓집서 목욕탕을 물려받았어여. 난 오빠 결혼할 때 딱 한 번 울산 가서 거기 가봤지여. 때밀이 아줌마가 때를 밀어주는데 근지러워서 웃겨 죽는 줄 알았어여. 노인네가 나 촌시럽다며 어찌나 구박을 하던지."

여자는 장면이 떠오르기라도 한 듯 키들거리며 웃는다. 말

많고 웃음도 많은 여자다. 처녀는 요의를 느끼지만 잉어의 살점이 널린 화장실을 가로질러 변기까지 갈 마음이 들지 않는다.

"에구구, 나 담배 한 대만 피워야겠어여."

여자가 무릎을 짚으며 자리에서 일어선다. 담배 개비를 꺼내는 손 마디마디가 쫄복의 배처럼 부어 있다. 여자는 맨발로 화장실을 가로지른다. 변기 뚜껑을 덮고 그 위에 앉아 라이터로 불을 붙인다. 긴 담배 연기가 말소리에 뒤섞여 이리저리 이지러진다.

"잉어는 저렇게 하루 정도 푹 고아야 해여. 뼈랑 살점이 다 녹을 때까지 푹 고아두여, 비늘 떠다니는 건 어쩔 수가 없어여. 국물을 베에 걸러서 짜내야 해여. 노인네가 건더기라도 있음 진저리를 치니까는."

처녀는 마루에 어질러진 전단지 뭉치를 정리한다. 바닥에 눌어붙어 죽은 모기가 눈에 띈다. 화장실 앞에 말라비틀어진 걸레가 있다. 처녀는 망설이다가 욕실 슬리퍼를 신고 수도꼭지로 간다. 수도를 열어 물만 살짝 적시고 걸레를 짠다.

"근데여, 젊은 아가씨가 어쩜 그리 착하데여? 나는 우리 노인네 하나 평생 모셨는데두 힘이 드는데. 아가씨는 남두 돕고 사니 이쁘네여."

제풀에 흐뭇하게 처녀를 바라보던 여자가 담배를 쭉 빨더니 서둘러 연기를 뱉어낸다.

"아가씨 나이가 몇이래여?"

"스물여덟이요."

"좋을 때다아."

가스 불의 온기로 집 안 공기가 점점 달아오른다. 걸레질을 하려고 자세를 잡던 처녀는 벌떡 일어나 현관문을 활짝 열어젖힌다. 하늘이 우중충하다.

"결혼은 했어여?"

"아니요."

여자는 궁금해서 물은 것이 아닌 눈치였다. 제 얘기를 하고 싶은데 그냥 꺼내긴 멋쩍고 하여 질문으로 운을 뗀 것이었다. 처녀가 대답을 마치기도 전에 담배꽁초를 변기에 넣고는 물을 내린다.

"노인네는 나를 삼척의 무슨 다리 위에서 낳았대여."

처녀는 모기 눌린 곳을 걸레로 세게 문지른다. 핏자국과 함께 바짝 마른 모기가 마지못해 장판에서 떨어져 나온다.

"아버지가 새 여자를 데리구 와서여, 노인네가 홧김에 집을 나와서 절에 가던 중이었대여. 보살이 되겠다구여."

처녀는 만삭의 몸으로 뒤뚱거리며 산길을 걷고 개울 다리를 건너는 젊은 아낙의 모습을 떠올린다. 보는 것만으로도 숨이 차오를 듯 불러온 배를 감싸고 신 침을 퉤퉤 뱉으며 걷는 얼굴은, 노인이 아닌 눈앞 여자의 얼굴이다. 처녀는 못 볼 거라도 본 것처럼 고개를 젓는다.

"근데 산길에서 양수가 터진 거예여. 노인네가 밑구멍으로 삐져나오려는 머리통을 꾹꾹 밀어 넣으면서 죽어라 걸었대여. 다리 하나만 건너면 절간인데, 고 다리를 건너다가 그냥 오줌보 터지듯 내가 쏟아져 나왔다지 뭐예여. 그때 바닥에 떨어지면서 내가 머리를 부딪혔다는 거예여. 그래서 아직두 셈이 좀 느리다구여. 죽지 않은 게 신기하다고들 했어여."

처녀는 자신도 모르게 잉어의 내장이 담긴 봉지로 시선이 향한다. 여자는 봉지의 입구를 단단히 여미고, 물통에서 한 바가지 물을 퍼내 타일 바닥에 뿌린다.

"사람이 어디 쉽게 죽나여."

방 안에서 부스럭거리는 소리가 들린다. 처녀가 슬쩍 들여다보니 노파가 간신히 손가락을 움직여 손끝에 닿을 듯 말 듯 한 헌 기저귀를 밀어내고 있다.

"핏덩이를 안고 갔더니 새 여자가 저거까진 못 키우겠다며 도망을 갔대여. 노인네는 그때 일로 툭하면 내 뺨을 때렸어여. 그때 집을 나와서 보살이나 됐어야 했다구여. 나 때문에 지긋지긋한 인생을 살게 됐으니까 평생 빚이나 갚으며 살라구."

여자는 지금부터 꺼낼 본론은 그게 아니라는 듯 처녀를 힐끗 쳐다본다. 이야기를 잘 듣고 있는지 확인하는 거다. 그때다. 나뭇가지 분질러지는 소리를 내며 굵은 빗줄기가 쏟아지기 시작한다. 금세 들이친 빗줄기가 현관 앞의 신발을 적신다. 처녀는 황급히 현관문을 닫는다. 비가 쏟아지자 집 안의 잉어 비린내가 한층 더 짙어진다.

"그래두여, 내가 노인네 떠나서 한 보름 정도 산 적이 있어여."

여자가 돌연 목소리를 낮추며 실눈을 뜨고 히죽 웃는다.

"그러고 보면 둘째 오빠 덕이었지여."

빗소리 때문인지 곰솥에서 뿜어져 나오는 더운 김 때문인지 처녀는 지독한 현기증을 느낀다. 잠시 손을 멈추고 벽에 기대어 앉는다. 빗소리가 더욱 거세어진다. 처녀는 좁은 집 안이 거대한 수조처럼 느껴진다. 가스레인지 위 천장 쪽에 새카맣게 벽지를 적신 곰팡이가 눈에 띈다. 한시도 쉬지 않고 입을 놀리는 여자가 이내 커다란 잉어가 되어 뻐끔거리며 허공을 휘젓고 다닐 것만 같다. 느릿느릿 헤엄치며 벽에 붙은 곰팡이를 뜯어먹고, 닫힌 현관문 앞으로 갔다가 다시 방으로 돌아가길 반복하는……

"도박하던 둘째 오빠가 집에 오더니 나더러 짐을 챙기라데여. 노인네 몰래 나오라구 성화였어여. 난 얼떨결에 속옷 몇 벌만 간단히 들구 따라나섰지여. 오빠가 동네 옷 가게에 가서 원피스를 사줬어여. 노란색에 앞에만 꽃무늬가 들어간 건데 아주 고왔어여. 노인네가 태워버리지만 않았어두 아직 갖구 있을 건데."

여자가 아깝다는 듯 쩝, 입맛을 다신다.

"오빠 따라 버스 타구 한참을 졸았지여. 웬 창고 같은 데를 데려갔는데여, 남자 여자 할 거 없이 둘러앉아서 화투 치기 바쁘데여. 나야 뭐 화투패나 알겠어여? 멀뚱히 서 있을라니까 오빠가 사내 한 명을 데리구 오데여."

얼핏 여자의 얼굴이 발그레해지는 듯하다.

"한쪽 손가락이 네 개뿐인 사내여서 처음엔 좀 무서웠지여. 그래두 키는 나보담 작았으니까. 오빠는 그이가 내 신랑될 사람이라고 했어여. 혼기 찬 여동생이 방구석만 긁고 있는 걸 못 보겠다구여. 그렇게 몇 마디 하더니 그이랑 둘만 놔두고는 훌쩍 사람들 속에 가서 앉아버리데여. 근데 내가 뭐 사내랑 말을 섞어본 적이 있어야지."

쾅쾅쾅. 누군가 요란하게 현관문을 두드려댄다. 처녀가 불안한 눈빛으로 여자를 건너다본다.

"아이쿠, 이제 오셨나 보네."

여자가 펑퍼짐한 허리를 두른 바지 고무줄을 추켜올리며 현관문을 연다. 머리가 반쯤 벗겨진 남자가 빗물을 털며 들어선다.

"주사 삼촌이에여. 한 달에 한 번 링겔 놔주러 오세여."

남자는 자격증 없이 손 기술로만 주사를 놓아주고 다니는 돌팔이다. 그는 가방에서 주삿바늘 도구와 수액 한 봉지를 꺼낸다. 노파의 손등을 이리저리 짚어보다가 팔에 고무줄을 묶는다. 파라핀처럼 얇은 노파의 피부를 뚫고 들어간 바늘은 유연하게 핏줄 속으로 잠겨든다.

여자는 2만 원짜리 두 장과 함께 냉수 한 잔을 남자에게 건넨다.

"여기 주사 삼촌이 관상을 잘 보셔여. 삼촌, 아가씨두 한번 봐주지?"

냉수 한 잔을 찔끔찔끔 마시던 남자가 처녀의 얼굴을 빤히 들여다본다. 그는 2만 원을 뒷주머니에 찔러 넣고 가방 지퍼를 닫는다.

"자궁이랑 아랫배가 약하겠네. 조심해. 고집은 쇠심줄보다 질기겠구만."

짧게 말을 마친 남자는 휘적휘적 현관으로 나간다.

"보통은 한참 수다 떨구 가시는데. 비 와서 피곤하신가."

여자가 멋쩍은 듯 뒷목을 문지르며 남자를 배웅한다. 대문 닫히는 소리가 나고도 한참 동안 현관을 닫지 않고 문 앞에 서 있다.

"삼촌은 안 지 오래됐어여. 지금은 죽고 없지만 숙모 중매도 우리 노인네가 서준 거니까는. 우리 형제는 아플 때 병원 한 번 가본 적이 없어여. 주사 삼촌이 와서 약 주고, 주사 놔주고 갔으니까."

말을 마치고 눈을 껌벅이며 천장을 올려다보던 여자는, 이제야 기억이 돌아왔다는 듯 무릎을 탁 친다.

"암튼 둘째 오빠가 소개시켜준 남자랑 보름을 살았어여. 노인네가 잡으러 올 때까지 그이 방에서 묵었어여. 신랑감이라니깐 그런 줄로만 알았지여. 술이랑 도박을 좋아해서 거의 안 들어오긴 했어두 얼굴 보면 참말 살갑게 대해줬는데…… 노인네가 어떻게 알구 거까지 와서 내 멱살을 잡아 패대기치데여."

여자는 서운함을 감추지 못한 얼굴로 노파의 방과 처녀를 번갈아 본다. 그러나 처녀는 사연의 내막에 대해 대충 짐작이 간다. 여자의 둘째 오빠라는 남자가 도박 빚을 감당하다 못해 제 동생을 팔아버린 것이 뻔했다. 그런 줄도 모르고 여자는 매일같이 사내의 집을 청소하고 끼니마다 다른 반찬을 만들어 올렸다며 자랑스레 떠들어댄다.

"노인네가 난리를 치며 내 뒷덜미를 잡고 질질 끌구 나가는 걸 보면서도, 그이는 어째 도와줄 생각을 않데여. 그래도 서방이 아니냐 싶어 나는 서울 와서두 기다렸어여. 그이가 찾으러 올 줄 알고는."

사내가 오지 않았다는 사실은 여자의 일그러진 표정이 고스란히 말해주고 있었다. 여자가 부스스 일어나 곰솥 뚜껑을 열어 안을 들여다본다. 기름진 냄새가 슬그머니 기어 나온다.

"근데 어찌 된 게 오라는 사람은 안 오고 배만 마냥 불러오데여. 신 자두가 그렇게 맛날 수가 없구여. 남의 집 담벼락 밑에 쭈그리고 앉아서 떨어진 자두를 다 주워 먹었지 말이에여. 뭐겠어여? 애가 들어선 거지."

여자의 고개가 약간 기울어진다. 등을 돌리고 있어 얼굴은 보이지 않는다.

“주사 삼촌 마누라 된 숙모가 산파였어여. 내가 팔삭둥이로 낳은 애를 숙모가 받았는데 낳자마자 애가 죽었다대여. 칠삭둥이는 살아도 팔삭둥이는 못 산다잖아여, 왜.”

반바지 아래로 드러난 여자의 허벅지에 울퉁불퉁한 지방층이 드러나 있다. 처녀는 벽시계를 바라본다.

“애 낳은 다음 날두 노인네가 밥을 차리래서 새벽같이 일어났더랬져. 글다 보니 몸이 하도 안 좋아서 내 손으로 잉어를 사다 고아 먹었거든여. 근데 그게…….”

여자는 돌연 재채기 같은 웃음을 뿜어낸다.

“잉어를 먹으면 젖이 많이 돈다는 걸 몰랐던 거예여. 웃기져? 가뜩이나 젖몸살을 앓던 몸뚱이가 아주 젖으로 질펀하게 젖어가지구는, 내 입으로도 들어가구……”

웃겨 죽겠다는 듯 배를 쥐던 여자가 검지를 구부려 눈꼬리를 훔쳐낸다.

“근데 아가씨는 언제 시집갈 거래여?”

처녀는 대답 대신 걸레를 다시 펼쳤다 접는다.

처녀는 신점을 보는 무당 아래서 자랐다. 다섯 살 때까지는 고아원에서 지냈던 기억이 어렴풋이 난다. 한밤중에 배가 고파 고아원 냉장고를 뒤져 햄이며 과일을 게걸스럽게 씹어 삼키던 것도 떠오른다. 결국 그게 탈이 나서 밤새도록 토악질을 하고 나중엔 열까지 펄펄 끓어 모두들 그녀가 숨을 거둘 거라고 생각했더랬다. 방에 누이고 혀를 끌끌 차면서도 병원에 데리고 가는 사람은 없었다. 그때 주방 일을 봐주던 할멈이 그녀를 들쳐 업고 옆 동네 무당집으로 달려갔다. 그녀는 그날 새벽 할멈의 머리채에서 풍기던 쉰내를 아직도 생생히 기억한다. 무당이 그녀를 바로 세우고 등을 후려치자 돌처럼 딱딱하게 굳은 사과 과육이 튀어나왔다고 한다. 그 후로 곧장 정신을 잃었기에 뒷사정은 잘 알지 못했다. 얼마 뒤 무당이 그녀를 데리러 왔고, 처녀는 다른 아이들의 질투와 동정을 받으며 무당에게 입양되었다. 장군신을 섬겨서인지 섬세한 면이 없고 무뚝뚝한 여자였지만 누구보다도 처녀를 아꼈다. 당뇨가 심해져 인슐린 주사를 맞던 그녀는 작년 여름 무좀이 생긴 발가락이 짓무른 과일처럼 썩어들어가기 시작하더니 무서운 속도로 병세가 악화되었다. 무당은 올봄에 숨을 거두었다. 당뇨 때문은 아니었다. 누전으로 인한 감전사였다. 밤새 내린 봄비에 낡은 전선이 노출된 탓이었다. 자던 도중 벌어진 일이었다. 죽은 무당의 몸에는 꼬박 시간을 맞춰 맞곤 했던 인슐린 주삿바늘 자국이 점점이 흩뿌려져 있었다. 화단마다 꽃이 피고 아이들이 들떠 뛰어다니고 잉어 떼가 산란을 시작한다는 오월이었다.

"때 되면 가겠지요."

처녀의 말에 여자가 부럽다는 표정으로 팔꿈치를 쓸어내린다.

"빨리 가여. 인기 많을 거 같은데."

화장실에 가기 위해 자리에서 일어서자 흰머리 성성한 여자의 정수리가 보인다.

"작은 거예여? 나도 배가 아파가지구."

처녀는 화장실 문을 잠그고 변기 위에 앉는다. 아랫배에 찌르르한 통증과 함께 오래 참았던 오줌 줄기가 기세 좋게 뿜어나온다. 화장실에서 나오자 여자가 기다렸다는 듯 일어나 화장실 문턱을 밟는다.

"그 애기요. 어디에 묻으셨어요?"

처녀가 젖은 손을 옷자락에 닦으며 묻는다. 여자는 귓불을 만지작거리며 고개를 젓는다.

"몰라여, 나는…… 노인네가 갖다 묻었다고 했어여. 사생아를 낳으면 집안이 망한다고 쉬쉬했지여. 내가 애를 배어 온 건 동네 사람들도 몰랐어여."

"무덤에 가보고 싶진 않으셨어요?"

처녀의 물음에 여자는 가볍게 몸서리를 친다.

"에이그, 무서워. 나는 아직도 그 생각하면 무서워여."

여자는 똥이 급하다며 허둥지둥 화장실 안으로 들어간다. 그 안에서도 하염없이 이야기를 늘어놓는 여자의 목소리가 타일 벽에 부딪혀 들려온다.

"잉어는 하루를 푹 고아야 해여. 물고기가 살두 뼈두 모양 하나 없이 푹 고아져 없어질 때까지여. 무지하게 더운 날 솥 옆에 있을라면여, 그 하루가 꼭 평생처럼 길다니까여."

처녀는 무릎걸음을 걸어 방 안으로 들어온다. 장롱에 걸어둔

팩에서 수액 방울이 천천히 떨어진다. 노파의 눈동자가 처녀를 좇는다. 처녀는 비스듬히 노파의 얼굴을 들여다본다. 이가 빠져 홀쭉하게 팬 두 볼이 움칠거린다. 노파의 눈동자가 불안스럽게 좌우로 움직인다. 처녀는 아까까지 노파의 침을 닦아주던 거즈 수건을 집어 손가락에 대고 둘둘 감는다. 양 손가락으로 노파의 입을 벌린다. 파먹고 버린 밤 껍질 속처럼 텅 빈 입속. 수십 마리의 잉어가 흘러들어간 입속. 처녀는 뭉쳐진 거즈를 노인의 입안에 집어넣고 힘껏 목구멍까지 찔러 넣는다. 노파의 눈이 커지며 팔다리가 미약하게 움칠거린다. 시퍼런 살기를 뿜어내던 처녀의 눈빛이 서서히 희미해져갈 무렵, 쑤셔 넣었던 거즈를 꺼낸다. 노인은 젖을 빠는 아이처럼 가쁘게 숨을 들이마신다. 처녀는 침에 젖은 거즈를 탈탈 털어 노인에 베갯머리에 놓아둔다.

"비가 많이 오네요."

처녀가 중얼거린다.

"옛말에 구렁이가 집 주변에 나타나면 큰비가 쏟아진다대요."

화장실에서 끙끙대며 된똥 누는 소리가 들려온다. 무표정한 얼굴의 처녀는 젖은 거즈를 집어 땀 맺힌 노파의 이마를 닦아낸다.

"천년만년 오래오래 사세요."

처녀가 자리에서 일어난다. 벽에 기대어 두었던 가방을 들고 걸레를 화장실 문 앞으로 치워둔다.

"저 이만 가보겠습니다. 시간이 다 되어서요."

"아이구, 나 이러구 있는데!"

여자의 당황한 목소리에 처녀는 빙긋이 웃는다.

"나오실 필요 없어요. 언제 또 뵐 텐데요."

"히힛, 수고했어여. 고마워여, 아가씨!"

퐁당. 똥 덩어리 떨어지는 소리가 들려온다.

처녀는 현관으로 나가 샌들을 신는다.

"한 것도 없는걸요, 뭐."

혼잣말을 중얼거린다.

문을 열고 나온 처녀는 가방에서 작은 우산을 꺼내 펼친다. 검은색 우산이 접혀져 있던 마디를 좌악, 펴고 후둑거리는 빗방울을 받아낸다. 누군가 대문을 열고 들어선다. 연둣빛 장우산을 쓴 단발머리의 젊은 여자다. 처녀가 검은 우산을 받치고 지나가자, 젊은 여자는 살짝 옆으로 비껴 서준다. 처녀는 그녀를 지나쳐 대문을 열고 나온다. 비탈진 골목길을 걸어 내려오는 그녀의 등 뒤로 맑고 청량한 목소리가 울려온다.

"안녕하세요, 구청에서 왔습니다!"

당신과
당신의
당신

비행기가 활주로에 착륙했을 때서야 한수는 눈을 떴다. 옆자리의 중철은 기체의 덜컹거림에도 아랑곳 않고 여전히 코를 곯고 있었다. 한수는 부스스한 머리칼을 쓸어 올리며 핸드폰을 켰다. 한참을 날아온 것 같은데 이제 겨우 낮 2시를 지나고 있다. 눈을 가늘게 뜨고 창밖을 내다보았다. 지열이 올라와 공기가 물결처럼 흔들리는 가운데 수완나품 공항 건물이 바라다보였다.

"형님!"

게이트를 나와 두리번거리는 한수 곁에서 중철이 소리치며 손을 흔들었다. 흰 모자를 쓴 가이드가 웃으며 마주 손을 흔들어 보이자 현지인 한 명이 재빠르게 다가와 한수와 중철의 트렁크와 골프 가방을 넘겨받았다. 그가 짐을 싣는 사이 중철은 가이드와 인사를 나누었다. 한수는 서둘러 밴에 올라탔다. 끈덕지게 달라붙는 더위에서 벗어나자 차츰 숨통이 트였다.

"애들 페이스북은 들어가봤어?"

가이드가 핸들을 돌리며 물었다.

"저 작년에 사진 보고 조인했다가 내상당했잖습니까. 이젠 사진 안 믿을라구요."

"1년 새 푸잉들 사이즈 좋아졌어. 여기 애들도 성형 바람이 불어서."

공항을 벗어나 속도를 높이던 가이드가 백미러로 흘끗 한수를 쳐다보았다.

"한수 아우님은 처음이시라고?"

입을 열기도 전에 중철이 끼어들었다.

"얘가 국내에선 날렸어요. 특히 강남 애들 중엔 얘 모르는 아가씨 없다니까요. 업종 안 가리고 아주 골고루 드시는 친굽니다. 돈 많지 얼굴 반반하지, 오히려 지들이 좋아서 앵기는 애들도 있어요."

중철은 부러운 놈이라며 한수를 툭 치고 씨익 웃었다.

"젊은 나이에 어디, 이사님이라고 했나?"

명문대 유학, 세 개의 전공 모두 우수한 성적으로 졸업. 남보다 우월한 학력임은 분명했으나 서른일곱의 나이에 건설 업체 이사직을 맡을 수 있었던 결정적인 스펙은 회사 대표인 작은아버지와의 혈연관계였다. 한수는 회계 팀을 지휘하고, 작은아버지의 개인 장부를 관리했다. 가이드와 중철의 대화는 어느 틈엔가 이번 여행을 앞장서 계획했다가 급작스레 빠지게 된 동식이 이야기로 흘러가고 있었다. 셋 중 유일하게 미혼인 동식은 혼자서도 자주 태국과 필리핀에 드나들며 가이드들과 호형호제하는 사이였다. 출국 이틀 전, 동식은 회사에 비상이 걸려 연차를 반납하고 비행기 표를 취소했다.

늘 셋이 어울려 다니며 중철이 방정맞게 굴 때마다 적당히 말을 끊어주는 게 동식의 역할이었던지라 한수는 그가 없는 여행은 좀 피곤하지 않을까 우려했었다. 그러나 한수가 나서지 않아도 분위기 좋게 맞장구쳐주는 가이드를 보니 내심 마음이 놓였다.

"4박 5일이니까 한 명만 끼고 있지 말고 마음에 안 들면 바로 말해. 가끔 지가 애인이라 착각하고 들러붙는 애들이 있는데, 앞에서 질질 짠다고 맘 약해질 필요 없어. 물론 다 그런 건 아니고. 돈 주면 동영상 찍게 해주는 애들도 깔렸으니까."

가이드는 황제 관광에 괜히 황제라는 단어가 붙은 게 아니라며 백미러로 그를 향해 웃었다. 한국에서 가이드 형님에 대한 친구들의 장황한 소개를 듣고 능글맞은 중년 사내를 예상했던 한수는 마흔 중반이라고는 여겨지지 않는 곱상한 외모의 가이드와 시선이 마주칠 때마다 묘한 어색함을 느꼈다. 무엇보다 스스럼없이 구는 중철과 달리 그는 형님,이라는 호칭이 좀처럼 입 밖으로 나오지 않았다. 명백히 손님인 자신에게 아무렇지 않게 반말을 하는 것도 불편했다.

"여기선 하나만 주의하면 되는데……"

커브를 돌던 가이드는 차선을 가로질러 달리는 자전거 앞에서 급정거했다. 욕이 나올 법만도 한데 그는 쯧, 혀끝을 차고 다시 엑셀을 밟았다.

파타야로 들어가는 길에 한국인이 운영하는 식당에 들러 이른 저녁 식사를 했다. 한수는 빈 잔에 물을 채우는 가무잡잡한 피부의 현지 여직원을 흘끔거렸다. 작은 얼굴에 서글서글한 눈매, 자연스러운 콧대와 얇은 입술, 키는 아담한 편이지만 유니폼 아래 가려진 몸매가 꽤나 늘씬했다. 그의 눈길을 느낀 여직원이 미소 지으며 까닥, 고갯짓을 했다.

풀빌라에 도착하자 널찍한 수영장에 넘실거리는 물빛과 담 너머로 늘어선 야자수가 눈에 들어왔다.

"두 시간 후에 데리러 올게. 몸 좀 풀고."

현지인에게 무어라 지시를 내리던 가이드는 막 생각났다는 듯 중철과 한수 곁으로 다가왔다.

"이거. 센 거니까 하루에 한 알씩만."

비아그라보다 효과가 좋다는 알약이 담긴 비닐 팩을 건네며 가이드는 씨익 웃었다.

"넌 이거 필요 없지 않냐? 나중에 남으면 나 주라."

중철이 카드 키를 들고 방으로 향하며 눈을 찡긋거렸다.

방으로 들어온 한수는 침대 위 백조 모양으로 접힌 수건을 집어 이리저리 살피다가 휙 던져두었다. 빳빳하게 정리된 시트 위에 눕자 온몸이 노곤해져왔다. 그는 비닐 팩 안의 알약을 불빛에 비추어 보며 손끝으로 만지작거렸다.

오빠 요즘 많이 피곤한가 봐, 스트레스받는 일 있어?, 뭐야 오랜만에 만났는데, 낮에 다른 애 만나고 왔지?, 와이프랑 다시 불붙은 거야?, 아 쪽팔려 괜히 옷 벗었네.

근 한 달 넘게 여자들을 바꿔가며 만나봤으나 그의 아랫도리는 매번 발기가 완전히 된 것도 죽은 것도 아닌 애매한 상태로 맥을 못 추렸다. 병원에서도 별다른 이상은 발견되지 않았다. 의사는 심리적인 요인일 수 있으니 충분한 휴식을 취하라며 보조제를 처방해주었다. 빌어먹을 보조제는 갈증만 일으켰을 뿐 아무 효과도 없었다. 회사 일이라면 오히려 한창 여유로운 시기였다. 감사 문제도 안전히 넘겼겠다, 작은 아버지가 바람이라도 쐬고 오라며 두둑한 인센티브를 챙겨주었고, 잠깐 만났던 정 대리와의 관계도 뒤탈 없이 깨끗이 정리되었다.

퇴근 후 집에 들어서던 한수는 현관에서 구두를 벗다 말고 멈칫했다. 드넓은 아파트 거실을 장식한 사람 키보다 높은 화분들. 알로카시아, 대나무, 그리고 이파리가 천장 끝에 닿아 휘어진 이름을 알 수 없는 나무. 사방의 벽에 걸린 덩굴식물. 텔레비전 옆 둥근 수조 속의 각종 수중식물. 테이블과 식탁 중앙을 차지한 꽃 무더기. 침대 협탁이며 선반 위에 줄지어놓은 알뿌리 히아신스의 새하얀 꽃잎과 지독할 만큼 짙은 꽃향기. 그야말로 도심 속 정글이 따로 없었다. 아내는 작은 방에서 아로마 향초를 피워놓고 요가를 하다 말고 땀을 닦으며 나왔다. 환하게 웃으며 그의 겉옷을 받아 드는 아내를 향해 한수는 한마디하려다 입을 다물었다.

다음 날 아침, 밥을 뜨려고 막 수저를 들었을 때 그는 식탁 위에 기어 다니는 작은 거미를 발견했다. 한수는 엄지로 거미를 지그시 누르고 조리대에 서 있는 아내의 뒷모습을 바라보았다. 밥 생각이 없다며 뒷정리를 하는 아내의 늘어진 잠옷, 염색한 지 오래되어 연한 브라운과 머리칼 뿌리 쪽의 검은색이 선명하게 경계 진 얼룩덜룩한 머리.

"당신 외출한 지 얼마나 됐어?"

한수의 물음에 아내는 대수롭지 않게 보름 전쯤인가, 하고 대답했다. 누구라도 좀 만나지 그러냐, 너는 친구도 없냐고 튀어나오려는 말을 그는 가까스로 삼켰다. 더 이상 신혼 때처럼 들들 볶지 않는 것만도 다행이라 여기자 싶었다. 회식을 하면 30분 간격으로 전화를 해대고, 전화를 받지 않으면 주위 사람들에게 연락하여 한수의 행방을 묻고, 그가 잠든 사이 핸드폰의 패턴을 풀기 위해 어둠 속에서 눈을 부릅뜨고 있던 아내, 주말에 외출이라도 하려 하면 누굴 만나냐며 막아서다가 혼자 울고불고 악다구니를 치던 모습이 스쳐갔다. 결혼 3년 차에 접어들고서부터 한수를 향한 아내의 집착은 서서히 잦아들었다. 요즘은 일 때문에 밤을 새야 한다고 말을 해도 "응", 주말에 골프 접대가 있다고 해도 "그래" 하며 군말 없이 고개를 끄덕였다. 익숙해진다는 게 이런 거겠지. 한수는 차분해진 결혼 생활에 한결 마음이 편해졌다. 다만 그를 미치게끔 만드는 게 하나 있다면, 집 안에 점점 늘어가는 식물들의 기묘한 존재감이었다. 대체 무슨 바람이 든 건지 화분을 하나둘 사 모으던 아내는 집 안을 온통 녹색으로 칠하기 시작했다. 집에 머무는 시간이 길지 않은 그였기에 못 본 척 아내의 취미를 존중하기로 했으나 식물들이 하나둘씩 꽃을 피우며 각종 향기가 뒤섞이자 골이 지끈거릴 지경이었다. 인테리어에 일가견이 있을 정도로 감각적인 여자도 아니었기에 식물들은 두서없이 집 안에 배치되어 있었다. 그리 품위 있는 집안에서 자란 것도 아니요, 서울과 경기도에 걸쳐 있는 4년제 대학을 겨우 졸업한 아내에게 회화라든가 음악, 적어도 외국어 공부 같은, 좀더 고상한 취미를 권하는 건 무리일 거란 생각이 들었다. 갖다 주는 돈으로 다른 여자들처럼 쇼핑이라도 하며 스스로를 가꾸는 데에 재미를 붙일 순 없는 걸까. 싸구려 정원처럼 꾸며놓은 집 안에 인테리어 디자이너를 고용해보자는 욕심을 갖는 게 그렇게도 어려운 걸까.

한수가 아내와 결혼을 한 결정적인 이유는 하나였다. 유학 시절 그가 열렬히 사랑했던 여자와 웃는 모습이 판박이처럼 닮아서. 독신주의자로 살겠다던 한수에게 결혼을 강요하던 부모님은 별말 없이 아내를 며느리로 받아드렸다. 집안 어른들의 성가신 독촉이 사라지자 가족 모임 때마다 다툴 일도 없어졌다. 아내는 제사, 친척들의 생일, 사촌들의 출산, 조카의 유치원 입학 등을 잊지 않고 챙겼다. 결혼이라는 관계 안에서 서로 맡은 역할을 수행하되 얽매이지 않고 각자의 삶을 살아가는 것. 그거야말로 평화로운 결혼 생활을 유지하는 데에 가장 이상적인 자세가 아닐까. 한수는 출근길을 배웅하는 아내의 나른한 목소리를 등지고 걸으며 생각하곤 했다.

"첫날이니까 정 코스로 갈까?"

중철이 묻자, 가이드가 한수를 쳐다보았다. 흰 반팔 셔츠에 검은 슬랙스를 입고 불가리 시계를 찬 한수를 찬찬히 살피던 가이드는 그에게 키가 몇이냐고 물었다.

"183."

이번에도 중철이 나서서 대답했다. 워킹스트리트를 향해 걷던 가이드가 빠른 걸음으로 한수 곁에 다가붙었다.

"어지간히 맘에 드는 애 아니면 조인하지 말고. 게이들한테 눈길 주지 마. 웃으면 오해해. 애들끼리 시비 붙는 거 같으면 끼어들지 말고 빠져."

내 돈 내고 놀겠다는데 뭔 놈의 주의 사항이 이리 많은지, 한수는 실소를 감추며 알겠노라 대답했다. 클럽들이 줄지어 늘어선 워킹스트리트는 화려하다기보다는 산만했다. 사방의 네

온사인 앞에 교복을 입거나 바니걸 코스프레를 한 푸잉들이 서 있었다. 대체로 키가 작달막하고 오밀조밀 귀여운 이목구비로, 성형외과에서 찍어낸 얼굴들에 싫증이 났던 한수는 슬슬 눈에 생기가 돌기 시작했다.

"아우님 같은 손님이 오는 날엔 여기 관광객들 다 오징어 되는 거지. 잘생긴 것도 민폐라니까."

가이드가 농을 던졌다.

"형님, 첫발은 아고고로 가죠? 분위기만 보고 할리우드로 옮겨요."

중철이 건들거리며, 초행자는 필수로 들러봐야 할 코스라고 알은체를 했다.

"와, 전엔 몽키들 천지였는데. 물 좋아졌네."

풀빌라에서 나오기 전 술을 한잔 걸친 중철은 벌써부터 얼굴이 불그레했다. 가이드의 안내로 클럽에 들어서자 스테이지 주변에 서성이던 여자들의 시선이 일제히 한수 일행에게로 집중되었다. 테이블을 잡고 앉자마자 붉은 염색 머리 여자가 친구와 함께 다가왔다. 밖에 서 있던 여자들에 비해 그다지 예쁜 편이 아니었기에 한수는 고개를 저었다.

"푸잉들이 한국 남자를 좋아해. 돈 안 받고 연애할라는 애들 있는데 꽁씹 하지 말고 그냥 돈 줘서 보내. 잘못 먹었다가 탈 난다."

중철이 여자들을 둘러보며 중얼거렸다. 끊임없이 여자들이

제 발로 테이블에 찾아와 돈을 주지 않아도 괜찮다고 말했지만 한수는 영 동하질 않았다. 할리우드라는 클럽으로 자리를 옮겼지만 분위기는 매한가지였다.

"아우님은 직구 타입이네."

가이드가 눈치를 살피며 말했다.

"걸음이 비싼 놈이라 여기저기 돌아다니는 거 싫어해요. 그래도 왔으니까 구경은 해라, 좀."

웨이터가 몇 차례 다가와 양주를 깔겠냐고 물어봤으나 가이드가 친절히 돌려보냈다. 한국인이라고 해도 믿을 것 같은 느낌의 여자 한 명이 테이블 주위를 맴돌았다.

"야, 나가자!"

안쪽에 앉아 있던 중철이 잽싸게 가방을 챙겼다. 여자가 잠시 테이블 곁을 떠난 사이 중철은 후다닥 클럽 밖으로 먼저 뛰쳐나갔다. 가이드는 뭔가 뒤 사정을 아는 듯 낄낄거렸다.

"재 아직도 여기 죽치고 있네. 그때가 몇 년 전이었죠, 형님?"

여자는 3년 전쯤 중철이 헐리우드에서 만난 푸잉이라고 했다. 화대는 필요 없으니 같이 놀자고 해서 옳다구나, 원나잇이나 하자는 마음으로 섹스를 했는데 그 후 여행이 끝날 때까지 중철이 다니는 곳을 수소문해서 쫓아다니며 마누라 행세를 했다는 것이었다. 태국을 떠나는 날에는 공항까지 쫓아와 울고 난리를 쳐서 허둥지둥 귀국했건만 한국에 온 뒤로도 그의 SNS

를 찾아내어 줄기차게 메시지를 보내왔다고 했다. 나중에 알고 보니 그녀에게 시달린 한국 관광객이 수두룩했다며, 정신이 좀 이상한 여자 같다고 진저리를 쳤다.

스트리트에 들어섰을 때와 달리 시큰둥해진 한수의 표정을 알아챈 가이드가 이번엔 바카라로 가서 테이블을 깔자고 말했다. 1층에서는 란제리 쇼가 한창이었다. 클럽과 달리 귀염상의 얼굴이 섭섭지 않게 보였다. 2층 전망이 좋다고 해서 자리를 잡자 교복을 입고 블라우스 단추를 풀어헤친 여자들이 눈짓을 보냈다. 웨이터가 세팅을 하는 동안 한수는 1층에서 잠깐 눈이 마주쳤던 허리가 잘록한 여자와 교복을 입은 앳된 얼굴의 여자를 불러 앉혔다. 가이드는 에이스를 골라내는 눈이 빠르다며 감탄했다. 한수는 내친김에 가이드에게도 여자 둘을 붙여 주었다.

술이 몇 잔 들어가자 중철은 그새 파트너의 가슴을 주무르기 바빴고, 가이드는 그나마 여기가 스트리트에서 가장 규모가 큰 편이다, 좀 작은 가게에 가면 와꾸는 별로이지만 수위가 상당히 높다, 러시아 애들과 섞어서 조인도 가능하다며 큰 소리로 자랑하듯 설명을 해댔다.

란제리 여자가 한수의 손을 팬티 안으로 잡아끌었다. 털 없이 매끈하고 볼록한 둔덕이 손끝에 닿는 순간, 날카로운 목소리가 옆자리에서 불거졌다. 앳된 여자가 란제리를 향해 앙칼지게 쏘아붙여댔다. 가이드가 얼른 두 사람을 중재시키고 어리둥절한 채 앉아 있는 한수에게 양해를 구했다.

"선수 치지 말라고 싸우는 건데, 둘이 사이가 안 좋은가 봐. 분위기 깨기 전에 한 명 체인지해버리지?"

한수는 이마를 긁적이다가 란제리를 돌려보냈다. 팔짱을 끼고 뾰로통히 앉아 있던 교복 여자는 술을 한 잔 받아 마시고는, 자기와 친한 친구가 있다며 같이 놀자고 제안했다. 그가 대답하기도 전에 그녀는 난간에 기대어 있는 다른 교복을 불렀다. 머리를 양 갈래로 땋은 여자가 종종걸음으로 테이블 앞에 와서 섰다. 전체적으로 이목구비가 동글동글해서인지 순해 보이는 인상이었다. 짧은 블라우스 자락 아래로 배가 좀 나온 게 걸리긴 했지만 일단 동석을 허락했다.

"얘는 롱타임 얼마래요?"

중철의 물음에 가이드가 일어나 마마상을 찾았다.

"6천 바트. 내일까지 데리고 놀려면 푸잉이랑 쇼부 보고."

"내일은 내일의 여자를 만나야죠. 테크닉은 어떻대요?"

"손님들 평이 괜찮더라. 가슴 수술한 지 얼마 안 됐으니까 터지지 않게 조심해."

"의젓이에요? 수술한 거 보면 돈 좀 있단 거고, 돈이 있다는 건 잘 팔렸다는 거고. 오늘은 이 친구랑 나가죠. 한수야! 얼큰한 거 땡기는데 한인 타운으로 빠질래? 아님 좀더 골라보다 갈래?"

중철이 물었다. 비행 때문인지 기온 탓인지 평소보다 술이

빨리 오른 한수는 여자 둘을 데리고 먼저 들어가겠다고 했다.

"난 회 한 접시 하고 따라갈게."

중철은 한수 쪽으로 몸을 기울이며 속닥였다.

"그 약 먹었더니 지금 다리가 세 개야. 씨발 효과 존나게 좋네."

여자들이 나갈 채비를 하러 자리를 비운 사이 한수는 주머니 속에서 만지작거리던 알약을 술과 함께 삼켰다.

"별로 생각이 없어."

아내는 단호히 말했다. 암묵적으로 섹스리스로 지낸지 반년, 그와의 스킨십을 좋아하던 아내의 반응은 예상 밖이었다. 한수도 지나가는 말로 물어본 거였지만 일말의 망설임도 없던 아내의 거절은 되새길수록 불쾌했다. 그렇다고 억지로 분위기를 조성하거나, 하자고 졸라댈 만큼 아내의 몸을 원하는 건 아니었다. 거절당했다는 사실이 불쾌할 뿐이었다. 굳이 이유를 묻기엔 귀찮아서 그는 스탠드를 끄고 잠을 청했다. 아내는 드라마 재방송을 보고 자겠다며 베개를 끌어안고 방을 나갔다. 다음 날 아침 한수가 거실로 나왔을 때 아내는 텔레비전을 켜놓은 채 소파에서 침을 흘리며 자고 있었다. 비가 내리는 오전의 거실은 식물들의 흙냄새가 평소보다 진하게 배어 있었다. 애매한 발기부전 증세가 나타난 것이 아마 그 무렵이었을 거다.

한 여자의 엉덩이에는 작은 화살표 모양의 문신이 있었다. 양 갈래머리 여자가 화살표를 가리며 끼어들어 한수의 턱 끝에서 자신의 성기를 벌려 보였다. 새큼한 냄새가 풍겼다. 한수는 팔베개를 한 채로 반들거리는 여자의 성기를 바라보며 다른 한 명의 부지런한 입놀림을 만끽하고 있었다. 양 갈래머리 여자가 화살표의 엉덩이 위에 올라타 다른 여자의 성기를 만지작거리다가 손가락을 집어넣었다. 화살표 여자의 떨리는 입술이 한수의 고환을 간질였다.

한 시간 가까이 두 여자가 번갈아 오럴을 해댔지만 물건은 좀처럼 곧추설 기미를 보이지 않았다. 그는 두 여자를 엎드리게 하고 늘어진 성기 대신 손가락으로 그녀들의 성감대를 더듬어 찾았다. 부자연스럽던 신음 소리가 점점 거칠고 간절해지자, 한 명씩 바로 눕혀 질의 위 벽을 있는 힘껏 누르며 돌려주었다. 비명인지 신음인지 모를 소리와 함께 여자가 뿜어낸 물이 한수의 팔목과 침대 시트를 흥건히 적셨다. 그는 양 갈래머리 여자에게로 자리를 옮겨 조금 전에 했던 것과 똑같이 한바탕 물을 뿜어내도록 만들었다. 가쁜 숨을 몰아쉬는 여자들을 두고 요의를 느끼며 화장실로 들어왔다. 퉁퉁 불은 손가락 피부가 쭈글쭈글해져 있었다. 그는 뻐근한 손목을 돌렸다. 약까지 받아놓고 쪽팔리게 안 서서 못 했다는 후문은 듣고 싶지 않았다. 어떻게든 만족시켜놓으면 나중에 저희들끼리 낄낄거리며 비웃지는 않겠지. 오늘은 술을 마셔서 그렇다 쳐도 내일 아침마저 서지 않으면 가이드는 물론 중철까지 그의 허탕에 대해 놀려댈 게 뻔했다. 한수는 세면대를 붙들고 서서 거울을 들여다보았다. 도대체 문제가 뭘까. 성욕이 증발한 것도 아닌데 어째서 발기가 되질 않는 것일까. 그는 문득 아내의 식물들을 떠올렸다. 아내의 집착은 어떻게 감쪽같이 사라질 수 있었던 것인가. 언젠가 영화에서 무슨 식물을 식음한 뒤 발기부전이 된 주인공을 본 것 같기도 한데. 혹시 아내가 지금껏 내 음식에 의심쩍은 재료를 넣은 건 아닐까. 아내와 함께 밥을 먹은 게 언제더라. 밥상은 늘 미리 차려져 있었고 그녀는 아직 배가 고프지 않다, 먼저 먹었다는 말로 식사를 미루며 그가 밥을 먹는 모습을 물끄러미 쳐다보기만 하지 않았던가. 이 문제의 원인은 고요한 일상 밑에 도사리고 있던 아내의 복수인 게 아닐까.

그러나 취중에 뻗어나갔던 한수의 망상은 다음 날 눈을 뜨자마자 감쪽같이 사라졌다. 두 여자 사이에서 깨어난 그의 양다리 사이에는 볕을 잘 받고 무럭무럭 자라난 가지 같은 성기가 불뚝 서 있었던 것이다. 그는 아직 잠에서 덜 깬 여자들을 번갈아 붙들고 연달아 두 번이나 사정을 했다.

그녀들을 돌려보낸 뒤 샤워를 마치고 나왔을 때, 가이드가 조식을 들고 풀빌라로 찾아왔다.

"오, 어제 제대로 노셨나 봐?"

한수는 대답 대신 씨익 웃었다.

"언니랑 동생, 둘 중에 누가 더 나아?"

가이드의 말에 한수는 의아한 얼굴로 그를 쳐다보았다. 포일로 싸인 그릇을 식탁 위에 내려놓던 가이드가 도리어 더 의아한 표정으로 그를 마주 보았다.

"걔네 자매잖아. 얘기 안 했어? 머리 땋은 애가 언니."

호일을 열자 향신료 냄새가 코를 찔렀다.

"에이, 미리 말해줄걸. 알고 하면 더 좋았을 텐데. 여기 쌍둥이들도 몇 있어."

간밤의 일을 떠올린 한수는 어처구니가 없어 웃고 말았다. 그는 물기 맺힌 머리칼을 털며 식탁 앞에 앉았다.

"놀 줄만 알면 참 재밌는 데야, 여기."

가이드가 피식 웃으며 손에 묻은 양념을 휴지로 닦아냈다.

정오가 지나 파타야 남부의 골프장으로 라운딩 갈 채비를 했다. 가는 길에 입소문이 좋다는 스파에 들렀다. 중철이가 굳이 한 방에서 재미를 보자고 하여 대나무 발이 내려진 2인 실에서 옷을 벗고 수건으로 아랫도리를 덮은 채 누웠다. 곧 마사지사 두 명이 들어왔다. 은은한 향의 오일로 발 마사지를 받자 눈이 감겼다. 중철의 수다에 건성으로 대답하며 그는 반쯤 잠들어가고 있었다.

"악!"

마사지사의 손이 허벅지에 닿는 순간 한수의 입에서 단말마의 비명이 튀어나왔다.

"너도 허벅지 안쪽 받는 중이냐? 거기 마사지가 원래 뒤지게 아퍼."

중철이 키들거리며 말했다.

한수는 마사지사의 손을 뿌리치고 사타구니께를 덮은 수건을 걷어냈다. 마사지사가 흠칫 놀라며 손으로 입을 가렸다. 한수는 신음을 삼켰다.

"우리 사이에 뭐 나오는 소리를 참고 그러냐. 벌써 핸드잡? 얌전하게 생겼던데 빠르네."

한수는 가랑이 사이에서 발기가 된 상태로 벌겋게 부어 피고름 방울이 맺힌 자신의 성기를 내려다보았다.

"괜찮아요?"

마사지사가 한국말로 물었다.

"뭐야 내 파트너는 왜 이렇게 얌전하냐, 씨. 바꿔달라고 할까?"

중철의 목소리를 듣고 있던 한수는 열 기운이 번져가는 허벅지를 더듬어보았다. 요도에서부터 복부 아래쪽까지. 바늘 수십 개가 무자비하게 쑤셔대기라도 하듯 신음도 나오지 않을 만큼 끔찍한 통증이 퍼지고 있었다. 그는 가운을 낚아채어 걸치고 밖으로 나왔다. 으슬으슬한 오한을 느끼며 가운 앞섶을 여몄다.

"왜 벌써 나왔어?"

테라스에 앉아 있던 가이드가 담배를 비벼 끄며 일어났다.

한수는 최대한 넓게 두 다리를 벌리고 선 채 간신히 물었다.

"혹시 항생제랑 진통제 같은 거 있습니까?"

잠시 한수를 쳐다보던 가이드가 이내 사태 파악이 되었다는 듯 고개를 끄덕였다.

가이드가 약을 구하러 나간 동안 한수는 옷을 갈아입고 소파에 두 다리를 쩍 벌린 채 앉아 있었다. 열이 목구멍을 타고 올라와 고막까지 뜨겁게 달구고 있었다. 바지 가랑이 부분에 눌린 성기 때문에 당장이라도 속옷을 벗어던지고 싶은 심정이었다.

가이드가 호출한 다른 직원이 중철을 골프장으로 안내하는 동안, 한수는 차 뒷좌석에 드러누워 풀빌라로 향했다.

"백 중 한 명 꼴로 부작용이 있을까 말까 한 건데. 어제 콘돔은 끼고 했지? 여기서는 병원도 가나 마나야. 방콕 시내로 나간다면 모를까…… 거 참. 성매매 연관된 거라 여행자 보험 처리도 안 될 텐데."

풀빌라에 도착한 한수는 가이드의 부축을 받아 차에서 내렸다.

"설사는 안 해?"

한수는 고개를 저었다. 어지러운 와중에 가이드가 주는 항생제와 소염제, 진통제 두 알을 복용했다. 가이드는 잠깐 다른 손님 마중을 가봐야 한다며 여분의 약을 건넸다.

"요즘 여자들도 태국으로 밤문화 여행을 많이 오거든. 중국

사모들은 진작 많았다지만 한국 여자들은 통 없었는데…… 우리도 시험 삼아 여성 전용 투어 상품을 만들어봤더니 이젠 아주 가이드가 부족하다니까."

가이드가 유쾌하게 웃었다.

"뭐 젊은 아가씨들도 오고, 아줌마들도 많고. 푸차이들이 예쁘장한 데다가 애교가 많거든. 보통 여자들도 조를 짜서 오는데 오늘은 젊은 새댁 혼자 왔네. 공항 픽업만 해주고 다시 올게. 나랑 상담한 손님이라 다른 가이드한테 인계를 해줘야 해서. 혼자 있을 수 있지?"

한수는 어기적어기적 침실로 향하며 손을 들어 보였다.

질펀하게 어질러져 있던 침대는 말끔하게 정리되어 있었다. 한수는 바지와 팬티를 조심스럽게 벗었다. 팬티에 누런 진물이 말라붙어 있었다. 침대 끄트머리에 놓인 백조 모양의 수건을 집어 던지고 대자로 뻗었다. 후끈한 숨을 내뱉으며 리모컨을 더듬어 에어컨을 껐다. 금세 땀으로 등이 축축해졌다. 턱이 떨려 이가 딱딱 맞부딪쳤다. 이불을 겹겹이 덮었으나 여전히 한기가 파고들었다.

"박중철 개새끼."

한수는 약효를 자랑하던 중철을 떠올리다가 이내 알약을 건네던 가이드의 속삭임을 기억해냈다.

"미친 새끼."

힘겹게 몸을 일으켜 이불을 들추자 성기 끝에 맺혀 있던 진물이 시트 위로 떨어져 점점이 얼룩져 있었다. 그는 티슈를 뽑아 요도 주위의 진물을 닦아냈다. 불에 덴 곳을 사포로 문지르는 것 같았다. 티슈에 묻은 진물을 슬그머니 코에 갖다 대자 생선 썩은 냄새가 올라왔다. 한수는 시트 위에 티슈 여러 장을 겹쳐 깔아두고 다시 드러누웠다. 핸드폰 진동이 울렸다. 몸은 좀 괜찮으냐는 중철의 메시지였다. 다음엔 나도 데리고 가달라, 선물 잊지 말라는 아가씨들의 문자도 몇 통 수신되어 있었다. 그는 다시 핸드폰을 머리맡에 두고 눈을 감았다. 그러고 보니 트렁크를 끌고 집을 나선 이후로 아내에게선 한 번도 연락이 오질 않았다. 그 또한 잘 도착했다거나 이곳 날씨가 어떻다는 등의 메시지를 보내지 않았다. 예전의 아내라면 함께 간 거래처 사람과 찍은 사진을 보내봐라, 자기가 보고 싶지 않느냐는 둥 징징거리는 문자와 전화로 핸드폰을 끊임없이 울려댔으리라. 차라리 지금이 나은 거다. 한수는 입술을 질근거리며 통증이 잦아들기를 기다렸다. 밖에서 새들의 요란스러운 지저귐이 들려왔다.

"사랑하는 사람이 있으면 데리고 와."

아내는 한수의 핸드폰을 면전에 들이밀며 소리쳤다.

"당신이 만나고 다니는 여자들 중에 정말 사랑해서 이 사람 아니면 못 살겠다 하는 여자가 하나라도 있으면 내 앞에 데리고 와. 나 평생 이 여자랑 살고 싶다, 그러니까 헤어져주라, 말하라구!"

또 시작이구만. 한수는 새벽 3시를 가리키고 있는 벽시계를 바라보며 한숨을 내쉬었다.

"일 때문에 어울린 거야. 별로 중요한 애들도 아니야. 사랑은 무슨 사랑이냐."

그는 아내를 달래려 어깨를 어루만졌다. 아내는 붉어진 눈으로 몇 걸음 물러섰다.

"일로 만난 애들이랑 낮에 데이트를 해? 보고 싶다, 밥 먹자, 생일파티까지 해줘?"

한수는 눈을 질끈 감았다 떴다. 이런 얘기를 꼭 이 시간에 해야 하나. 지금부터 눈을 붙여도 출근 시간까지 네 시간도 못 잘 텐데. 늦으나 외박을 하나 어차피 다툴 거였다면 차라리 밖에서 자고 들어올걸, 후회스러웠다.

"1년 동안 대체 몇 명째야? 이럴 거면 결혼을 왜 했어?"

"그냥 별 의미 없는 애들이야."

"그러니까 나쁜 거야. 사랑이라면 마음이 뜻대로 안 되는 거니까 욕이라도 하고 말겠어. 근데 당신은 그런 것도 아니잖아. 그 의미 없는 만남들 때문에 내가 계속 상처받아야 돼? 당신은 나에 대한 최소한의 예의도 없어? 의미 없는 애들보다, 내가 더 의미 없는 사람인 거야?"

걸핏하면 말꼬투리를 잡아 공격하는 건 한수를 미치게 만드는 아내의 습관이었다. 게다가 말이 길어지면 당최 요점이 뭔지 알아먹기도 어려웠다. 그는 빨리 싸움을 종용시키고 잠자리에 들고 싶었다.

"내가 원래 이런 인간인 걸 어쩌라고. 당신도 알고 결혼한 거잖아. 싫어? 짜증 나? 그럼 이혼해. 당신이 이혼소송하라고. 난 당신이랑 사는 거 좋아. 이혼할 생각 없으니까 당신 마음대로 해."

그는 아내의 손에서 핸드폰을 빼앗아 침실로 들어왔다. 아내는 쿵쾅거리며 그를 쫓아 거실을 가로질렀다.

"당신한테 문제가 있으니까 풀어보자고 하는 건데, 왜 항상 그렇게 극단적으로 굴어? 내가 우스워? 맨날 속아주니까 머저리 등신 같냐구."

옷을 갈아입으려던 한수는 잠시 멈칫하다가 아내를 향해 돌아섰다.

"나한테 문제가 있어? 그 문제 푸는 수고스러움을 왜 당신이 감당해? 하, 참. 나랑 사는 게 그렇게 괴롭고 답답하면 당신이야말로 왜 생난리를 치면서까지 같이 사는 건데? 혼자 살 능력은 안 되고, 내 덕 보면서 사는 게 편하니까 욕하면서도 이혼은 안 하고 있는 거 아냐?"

기어코 아내의 볼을 타고 눈물이 흘러내렸다. 제발 그만 좀 울라고, 한수는 악을 쓰고 싶은 것을 참았다.

"뭐라도 할 일을 좀 찾아봐. 관심 생길 만한 거. 처갓집 어른들 모시고 여행이라도 다녀오던가…… 당신 관심사가 없으니까 계속 내 생각만 하고, 쓸데없이 예민해지는 거 같은데. 이러면 나도 너무 힘드니까……"

차라리 당신한테 애인이라도 생겼으면 좋겠다,라고 그는 생각했다. 당신이 심심할 때마다 좀 놀아줄 수 있는 남자가 있으면 나도 한결 편할 텐데. 물론 그 말을 입 밖으로 꺼낼 만큼 그는 경솔하지 않았다.

"당신, 나를 사랑하긴 해?"

아내의 그러한 질문은 다툼의 끄트머리에서 늘 반복되곤 했다. 이제 그만 잠들 수 있겠다는 생각에 한수는 아내에게 진지한 얼굴로 대꾸했다.

"당연하지. 그걸 말이라고 해?"

잠에서 깨자 해가 질 무렵이었다. 바깥에서 중철과 가이드의 목소리가 어렴풋이 들려왔다. 진통제의 효과가 도는지 통증은 어느 정도 가라앉아 있었다. 그는 새 속옷을 꺼내려다 그만두고 옷장에 걸린 가운을 입었다.

"여! 이제 좀 살아났어?"

볶음국수에 맥주를 마시던 중철이 물었다. 옆자리에 골프 캐디 차림의 여자가 해사하게 웃고 있었다.

"빨리 회복해야지. 여행 오느라 밑밥 깔아두기 힘들었을 텐데, 누워만 있으면 쓰나."

가이드의 말에 중철이 맥주를 들이켜고는 맞받아쳤다.

"제수씨 쿨해서 이런 거 터치 안 해요. 내가 힘들게 왔지. 오기 전에 회사 사람들 사진 오려다가 합성까지 해뒀다니까. 인증샷 보내려고."

한수는 소파에 몸을 묻고 앉았다.

"형님, 혼자 왔다는 여자 이뻐요?"

중철이 어포를 질겅이며 물었다. 가이드는 손님 정보에 대해서는 비밀이라며 입을 닫고 있다가 고개를 기울였다.

"사무실에 어리고 잘생긴 가이드가 있어서 붙여줬더니 둘이 더 짝짜꿍이야. 가만히 있을 땐 몰랐는데 웃으니까 상당히 예쁘더라고. 볼매야. 볼수록 매력 있는 타입."

"왜 혼자 여기까지 왔대요? 요즘 국내에도 호빠 많이 생겼는데. 혼자 오면 사실 티씨나 주대나 그게 그거 아닌가? 뭐, 유명인이라 기밀 여행 같은 거 온 거래요?"

"아니. 남편이 출장 간 김에 심심해서 놀러왔다나 봐."

"그럼 요 근처에 있겠네?"

"헛물켜지 말어. 물을 무서워해서 바다에 못 들어간다고 파타야는 패스한다더라. 푸차이들이야 방콕에 더 많으니까 굳이 여기 넘어올 필요가 없지."

수영장을 내다보고 있던 한수가 문득 가이드 쪽으로 눈길을 옮겼다.

중철은 캐디 푸잉과 함께 에어포트라는 스트립 클럽에 가기로 했다며 외출 준비를 했다. 가이드가 사무실에서 추가로 챙겨온 처방약을 꺼냈다.

“부작용 생기면 한 이틀은 고생한다더라. 염증에 좋은 약이라니까 먹고. 이 진통제는 좀 세니 꼭 식사 후에 드시고. 심심하면 푸잉 불러줄까? 시중이라도 들게.”

한수는 중철이 묵는 빌라를 살피다가 목소리를 낮춰 가이드에게 물었다.

“형님, 그 여자 손님 혹시 루이뷔통 트렁크 끌고 왔습니까?”

가이드가 말없이 한수의 눈을 들여다보았다.

“형님이 약도 갖다 주셨는데 제가 가기 전에 사례는 제대로 할 테니까…… 혹시 이름 좀 알 수 있을까요?”

가이드가 콧잔등을 문지르다가 쩝, 입맛을 다시며 대답했다.

“그거까진 어렵고. 묵는 호텔은 문자로 보내드릴게.”

가이드는 가타부타 더 이상 묻지 않고 손을 몇 차례 마주 부딪치더니 한수의 등을 두드렸다.

“푸잉 불러 말어? 밤새 혼자 있으면 심심하지 않겠어? 영어 좀 하는 러시아 애는 어때? 사진 보고 고를 수 있는데.”

고요한 풀빌라. 밤의 선배드에 누운 한수는 연신 핸드폰 액정을 문질렀다. 한국은 지금쯤 밤 1시가 조금 넘었으려나. 그는 메시지 함을 들여다보다가 통화 버튼을 눌렀다.

— 고객님의 전화기가 꺼져 있어 소리샘으로 넘어……

벌써 잠들었을 리가 없는데. 그보다 몸의 일부처럼 지니고 다니는 핸드폰의 전원을 꺼놓을 여자가 아닌데. 30분쯤 지난 후 다시 전화를 걸어보았지만 똑같이 음성 사서함으로 넘어간다는 알림 멘트가 들렸다.

뭘 하길래 전화까지 꺼놓은 걸까. 삼십대 중반쯤 되어 보이는 얼굴, 웃는 모습이 예쁘고 여행 갈 일이 있으면 늘 결혼 선물로 받았던 루이뷔통 트렁크를 끌고 다니며, 물을 무서워해서 신혼여행으로 몰디브에 갔을 때조차 수영복 한 벌 챙기지 않았던…… 아니, 바다에 들어가기 싫었으면 그가 여행지로 몰디브를 제안했을 때 다른 곳에 가자고 했으면 되었을 일이 아니었던가. 주구장창 모래사장에서 그가 헤엄치는 모습만 바라보다가 살갗이 그을려, 돌아오는 날에는 온몸에서 허물이 벗겨졌더랬다. 아무래도 그건 미련하다고밖에 표현할 방법이 없었다.

결혼 생활을 차치하고서라도 아내는 대체 무슨 재미로 인생을 살아가는 걸까. 흔히들 하는 SNS 계정조차 만들지 않았다. 연애 시절에는 영화 관람과 독서가 취미라더니 결혼한 뒤로는 영화관에 가는 것도 본 적이 없었고, 그녀가 들고 온 짐에 책은 열 권도 채 되지 않았다. 드라마를 꼭 챙겨봐야 한다며 온 채널의 다시 보기 결제를 해두고 재방송을 켜곤 하지만 한 편도 끝까지 보지 못하고 잠이 드는 것 같았다. 술을 즐기거나 분위기 좋은 카페며 맛집을 찾아다니지도 않아, 딱히 친한 친구도 없는 듯하고 화장이나 패션 동향에도 영 흥미가 없어 보였다. 그러고 보니 집을 메울 기세로 모으고 있는 식물들의 이름은 전부 알고나 사들이는 걸까. 용케 시들지 않게끔 유지시키는 걸

보면 관리법 정도는 체크한 것 같기도 하고.

한수는 한쪽 발을 선베드에서 내리고 가운을 풀어헤친 채 인터넷 구글에 아내의 이름을 검색해보았다. 동명의 다른 사람들에 대한 글만 가득했다. 그는 메일함에서 아내가 연애 시절 보내 온 메일 주소의 아이디를 복사해 구글에 띄워보았다. 두 개의 인터넷 카페에 게시자 아이디로 올라온 글이 결과 창에 떴다. 하나는 식물 동호회 카페였고 다른 하나는 〈TOP〉라는 카페였다. 게시글을 내려 보던 한수는 손을 멈추었다.

―견적 부탁드립니다.

아내가 쓴 글의 제목을 클릭하자 비공개 카페라는 알림 글이 나왔다. 포털 사이트에 카페 이름을 검색해보았으나 연관 검색어는커녕 게시판 목록조차 숫자로만 나열되어 있어 카페의 정체를 알 수가 없었다. 가입 버튼을 누르니 남자는 가입할 수 없다는 공지가 떴다. 탑? 에이스? 여자들끼리 유흥 정보를 주고받는 카페인가. 비공개 카페에서 섹스 파트너나 애인을 맺어준다는 소문을 들은 적이 있다. 비공개 카페에서의 견적이라면, 여행이나 술집, 스폰 이외에 다른 게 있을 수 있나? 머리를 굴리던 한수는 '아!' 하며 고개를 끄덕였다. 성형! 성형외과에서도 보통 견적을 낸다고들 하니, 성형 중개인이 운영하는 카페일지도 모른다는 생각이 들었다. 하지만 그런 브로커라면 오픈된 마케팅을 하는 게 상식적으로 이득이 아닌가? 대체 이 카페는 무슨 용도로 쓰이는 곳이지? 순간, 핸드폰 액정에 메시지 알림이 떴다. 아내였다.

— 전화했어?

한수는 짤막한 아내의 문자를 들여다보다가 답장을 보냈다.

— 별일 없지?

잠시 간격을 두고 메시지가 도착했다.

— 응, 잘 놀다 와.

더 말을 잇기가 무색한 인사였다.

핸드폰 배터리가 다 된 것도 모르고 잠이 들었던 거겠지. 한수는 너무 깊게 들어가지 않기로 했다. 그러나 더운 나라의 밤은 그가 생각하는 것보다 무료하고 길었다.

한수가 방콕에 다녀오겠다고 말하자, 두 남자는 동시에 그의 사타구니 쪽을 내려다보았다.

"진통제가 센 건지, 움직일 만하네요. 골프채 휘두를 정도는 못 돼도."

중철은 어제 데려온 여자 두 명과 풀빌라에 남아 재충전을 하겠다고 했다. 가이드는 예약했던 스파에 취소 전화를 넣고 차 운전대를 잡았다. 한수는 뒷좌석에 올라탔다. 여전히 불에 달군 납덩어리 같은 성기가 쓸리지 않도록 손수건을 잘라 조심히 감아두었다. 더 이상 진물은 나오지 않았으나 만약을 위해 새 팬티도 한 장 챙겼다.

"형님네 사무실에서도 인터넷 카페 운영하시죠?"

"그럼. 동식이가 첨에 그거 보고 연락했잖아."

"그 카페 말고도 또 있어요?"

"서너 개 돌리지. 모객이 중요하니까."

"여성 전용은 따로 있고?"

가이드가 시동을 걸려다 말고 콧김을 내쉬었다.

"그 호텔엔 못 데려다줘."

"시내까지만 가면 제가 알아서 찾아가죠."

"가면? 언제 들어올지도 모르는 여자 기다리느라 팅팅 부은 좆 잡고 밖에서 기다리게? 이 날씨에?"

"그러게 형님이 그 여자 이름만 가르쳐주시면 간단할걸."

가이드가 운전대에서 손을 떼며 웃었다.

"알면, 어쩌게?"

"그냥 궁금해서 그러는 거니까 알려만 주시면 제가 몫은 서운찮게 챙겨드릴게요. 오늘 중철이가 바비큐 파티 한다던데 여자도 마음대로 부르시고. 계산은 제가 다 한다니까요."

가이드는 잠시 고민에 잠긴 듯 윗입술을 물고 있었다. 그럼 그렇지. 한수는 만족스러운 얼굴로 가이드가 입을 열기만을 기다렸다. 차 키를 뽑은 가이드가 한수를 돌아보았다. 그는 무표정한 얼굴로 나직이 말했다.

"다들 쉬쉬하며 오는 여행이야. 이 바닥 소문이 얼마나 빠른데. 돈 몇 푼 때문에 장사 말아먹을 일 있냐? 너나 본전 뽑고 놀아."

가이드가 먼저 차에서 내리며 혼잣말로 중얼거렸다.

"하여튼 여기까지 와서 한국 여자 찾는 놈들은 답이 없다니까."

그릴 위에 생삼겹을 올리자 치익 하는 소리와 함께 매캐한 연기가 솟아올랐다. 현지인이 준비한 저녁상에는 김치, 깍두기, 마늘과 파채, 된장찌개와 고추장까지 한국 고깃집 메뉴를 고스란히 옮겨놓은 것 같은 반찬들이 놓여 있었다. 중철은 어스름한 수영장에서 여자들과 함께 물장구치며 낄낄거리기에 여념이 없었다. 가이드가 상 위에 소주와 잔을 내려놓으며 인원수를 셌다. 바짝 구운 삼겹살이 접시 위에 놓이자 중철이 수건으로 대충 물기를 닦아내고 상 앞에 앉았다.

"에어포트는 수질이 별로였는데. 왜, 형님이 데려간 데가 어디라 그랬죠?"

가이드는 소주잔을 채워주며 간판을 걸지 않는 가게라고 대답했다.

"암튼 거기. 와, 그런 어린 애들도 섹스를 할 수 있는지 신기해서 꼴릴 틈도 없더라."

중철은 단발머리 여자가 내미는 고기쌈을 우물거렸다. 한수는 염증이 덧날까 봐 기름진 고기에는 젓가락도 대지 않았다.

"걔네 초딩 아니에요? 내가 별의별 관전은 다 해봤지만 꼬맹이들 섹스하는 거까지 보게 될 줄은 몰랐네."

중철은 소주를 털어 넣으며 고개를 설레설레 저었다.

"그런 건 불법 아닙니까?"

한수의 말에 가이드가 당연히 불법이지,라며 말을 이었다.

"여긴 마피아랑 정부가 손잡고 일하는 데라 단속 같은 게 없어."

중철은 모험담이라도 펼치듯 미성년자의 섹스에 대한 묘사를 늘어놓기 시작했다.

"그만해라. 밥맛 떨어지게."

한수가 젓가락을 내려놓으며 미간을 찡그렸다. 중철이 고기를 욱여넣어 불룩해진 볼을 하고는 어리둥절한 표정으로 한수를 건너다보았다. 이내 열심히 고기를 씹어 삼킨 중철이 귀를 긁적였다.

"맞다. 너 아픈데 내가 너무 자랑만 해댔네."

"그것도 자랑이냐?"

"내가 뭐…… 잘못했냐?"

"어디 가서 그런 거 봤단 소리하지 마라. 부끄러운 줄도 모르고."

"나야 신기해서 따라가본 거지. 왜 정색을 하고……"

밥상 위로 어색한 정적이 흘렀다.

그때 두 사람을 지켜보고 있던 가이드가 큰 소리로 웃음을 터뜨렸다. 중철과 한수가 그를 바라보자 가이드는 신경 쓰지 말라며 연기 탓인지 웃음 때문인지 그렁그렁해진 눈가를 문질렀다.

“중철이 여행비는 한수 아우님이 내고 오신 건가?”

“아뇨. 제가 냈죠. 저 그렇게 염치없는 놈 아닙니다.”

“근데 왜 그렇게 눈치를 봐?”

한수는 가이드를 노려보았다. 저 자식이 지금 싸움을 붙이려고 작정을 한 건가. 소주를 홀짝이던 가이드가 차가운 눈빛으로 한수를 흘끔 보았다.

“저기요.”

한수가 입술을 떼려는 찰나 가이드가 쉿, 조용히 해보라는 손짓과 함께 자리에서 일어났다. 대화 소리에 묻혀 있던 차임벨 울림이 들렸다. 가이드가 풀빌라의 대문 쪽으로 다가갔다. 이윽고 문이 열리자 쉴 새 없이 쏘아붙이는 현지인들과 그들에게 침착하게 응대하는 가이드의 목소리가 한데 뒤섞이기 시작했다. 귀를 기울이고 있던 중철이 곁의 여자들이 저희들끼리 소곤거렸다.

“한수야, 잠깐만 나와 봐.”

가이드의 목소리가 다소 경직되어 있었다. 한수는 엉기적거리며 자리에서 일어났다.

대문 앞에는 엊그제 어울렸던 두 자매와 덩치가 큰 남자, 수염이 센 늙은 남자 한 명이 모여 있었다. 그중 덩치 큰 남자가 눈을 부라리며 한수를 위아래로 훑어보았다.

“뭡니까?”

가이드는 몇 차례 눈을 떴다 감았다 반복하더니 골치 아프게 되었다는 표정을 지었다.

"혹시 애들이랑 할 때, 이상한 플레이 같은 거 했어?"

한수는 어처구니가 없어 실소를 터뜨렸다. 그러자 덩치 큰 남자가 금방이라도 한수의 멱살을 잡을 듯 가까이 다가왔다. 가이드가 겨우 그를 말리며 한수 쪽으로 몸을 비틀었다.

"걔네 둘이 니가 밑에다 이상한 짓을 해서 나란히 방광염에 걸렸댄다. 이틀째 일을 못 나가고 병원비만 깨졌는데 배상하라고 찾아온 거야."

한수는 화난 얼굴로 서 있는 동생과 시무룩해져 있는 언니를 번갈아 보다가 다시 웃어젖혔다. 찰그랑. 가이드의 표정이 굳었다. 한수는 웃던 모습 그대로 얼어붙은 채 덩치 큰 남자가 허리춤에서 빼내어 든 시커먼 칼날의 끝을 응시했다. 가이드가 조곤조곤 그들을 달래자 남자는 칼자루를 내리고 입가를 씰룩였다.

"이 새끼가 포주예요? 지금 이것들이 짜고 나 엿 먹이는 거 같은데. 어떤 새끼랑 얼마나 뒹군지 모를 년들이 무슨 방광염 타령이야? 이것들 상습범이죠? 정말 가지가지로 더럽구만."

"한수."

가이드가 그의 등을 두드리며 진정하라고 말했다.

"여기 처음 왔을 때 내가 딱 한 가지만 조심하라고 한 거 있지?"

카악 퉤. 칼자루를 쥔 남자가 한수에게 시선을 못 박은 채 바닥에 침을 뱉었다.

"여기 관광하면서 제일 조심해야 하는 게 바로 여자야."

이 자식이 뭐라고 지껄이는 건지. 설마 한 패인가. 한수는 어금니를 물며 가이드를 보았다.

"여자 만나러 와서 여자 조심하라면 이상하게 들릴까 봐서 말을 안 했는데…… 아우님이 워낙 깔끔해 보이길래 문제 생길 일도 없을 거 같았고. 근데 여기선 묻지도 따지지도 말고 무조건 피해야 될 게 있어. 저 여자가 들고 온 칼, 허풍 떠는 거 아니야."

"여자요?"

한수는 아무리 봐도 덩치 큰 사내로밖에 보이지 않는 현지인을 뚫어져라 살폈다.

"일명 톰보이라고 하지. 남장 여자. 저기 언니 애인이래. 그냥 돈 줘서 보내자. 톰보이랑은 싸움 붙는 거 아니야. 진짜 칼부림 나. 그건 나도 어떻게 손을 못 써."

기다리기 귀찮다는 듯 동생이 따발총 쏘듯 가이드를 독촉했다.

"뭐 손가락 넣어서 안쪽에 상처를 냈다는데. 둘이 해서 4만 바트 달란다."

한화로 50만 원 조금 못 되는 액수였다.

"미친년들이 좋아 죽으려 할 땐 언제고."

"욕하지 마. 다 알아들어."

어떻게든 공사 한번 쳐보려고 애쓰는 아가씨, 팁 좀더 달라며 조르는 아가씨들은 수도 없이 봐왔고 모르는 척 속아준 적도 있었지만 말로만 듣던 기둥서방, 아니 뭐라고 불러야 할지 감도 안 잡히는 애인을 데리고 온 여자에게 돈을 뜯기게 될 줄은 꿈에도 몰랐다.

"정 뭣하면 내가 반 낼게."

점점 살벌해지는 분위기를 감지한 가이드가 말했다.

"됐습니다."

5백 달러를 받아내고 나서야 현지인 무리는 욕이 분명할 말들을 시끄럽게 토해내며 대문 앞을 떠났다.

"그럼 저 늙은 남자가 포주입니까?"

가이드가 짧게 고개를 저었다.

"아니, 저 영감은 쟤네 아빠."

소주 한 병을 비우며 상황을 지켜보고 있던 중철이 멍청히 중얼거렸다.

"천하의 정한수가 여기 와서 눈탱이를 맞는구나."

진통제를 두 배로 복용한 한수는 방에 돌아오자마자 짐을 싸기 시작했다. 한시라도 빨리 이곳을 뜨고 싶었다. 왕복 비행기표의 두 배 가격으로 내일 자 귀국행 편도를 결제하고 방 안을 서성였다. 먼저 돌아가겠다는 말을 하기 위해 밖으로 나오자 중철과 가이드의 목소리가 들렸다. 한수는 벽에 몸을 붙인 채 멈춰 섰다.

"걔도 곧 한국에 들어갈 예정이었으니까 아마 계속 만날 거 같던데. 푸차이고 뭐고 신혼여행 온 부부 같어."

"가이드가 되게 훈훈한가 보네요."

"여자도 성격이 밝다더라고. 오늘 낮에 잠깐 파타야로 넘어와서 정글 체험을 했나 봐. 생전 처음 여행 온 사람처럼 이건 무슨 나무예요, 이건 먹어도 되는 열매예요, 묻는데 고 녀석이 이거저거 설명해주면서도 전혀 귀찮지가 않더래. 전부 대답해줄 수 있어서 흐뭇했다고 사무실에 그렇게 자랑을 해대더라."

"홀랑 빠졌네."

"모르는 게 없다고 칭찬을 해주니까 저도 기가 살아난 거지. 너 섹스하고 나서 가장 기분 좋을 때가 언제냐?"

"오빠, 한 번 더 하자! ……들어보는 게 소원입니다. 못 들어봐가지고."

"그치. 이쁜 애들은 세상 천지에 깔렸잖아. 근데 나 칭찬해주는 여자는 많이 없거든. 여자가 아이구 잘났다, 멋지다 계속 우쭈쭈 해주는데 너 같으면 안 넘어가겠냐?"

"그런 건 빈말이라도 좋죠. 근데, 그 여자 남편은 마누라가 그러고 다니는 거 알까요?"

"니 마누라는 니가 이러고 다니는 거 아냐?"

주책맞게 낄낄거리는 중철의 웃음소리를 들으며 한수는 조용히 방 문을 닫고 침대 끄트머리에 걸터앉았다.

— 고객님의 전화기가 꺼져 있어 소리샘으로……

"딱 하루만 다른 사람으로 살 수 있다면 누가 되고 싶어?"

신혼 초, 술을 몇 잔 마시고 취한 아내가 턱을 괴고 물었다.

"만수르."

그러자 아내는 키득거리며 이유를 물었다.

"세상의 꼭대기에서 사는 게 어떤 기분인지 궁금해."

꼭대기. 꼭대기라…… 중얼거리는 아내에게 예의상 그도 똑같은 질문을 건넸다.

"나는 당신이 되고 싶어. 더도 말고 하루만. 당신이 하는 일은 어떤지, 회의 같은 거 하다 졸릴 땐 무슨 생각을 하는지, 길을 걸을 땐 주로 어딜 보며 걷는지, 좋아하는 음식을 어떤 기분으로 먹는지. 궁금해."

"사랑하는 마음이 어느 정도인지, 그게 알고 싶은 건 아니고?"

아내가 픽, 웃었다.

그녀는 잔에 남은 술을 홀짝이며 낮에 다녀온 친구의 돌잔치에 대해 이야기했다. 실타래와 연필을 잡은 아기가 얼마나 귀여웠는지, 너무 작아서 안아 들 때 가슴이 떨렸다고, 눈은 엄마를 닮고 얼굴형은 아빠 쪽을 닮은 게 신기하다고.

한수는 몸을 기우뚱하게 하고 앉은 아내의 설레는 기분을 흐트러뜨리고 싶지 않았으나 중요한 건 분명히 짚고 넘어가야겠다는 생각이 들었다.

"결혼 전에도 말했지만 우리는 아이를 갖지 않을 거야. 당신도 괜찮다고 했고."

아내는 응응, 하며 대답했다.

"알아. 뭐 때문이었더라. 엄청 설득력 있는 이유였는데."

"우리 그것 때문에 문제 생길 일은 없는 거지?"

아내는 입을 조금 벌린 채 넘치지 않을 만큼 아슬아슬하게 술잔을 채우고는 고개를 들었다.

"그럼. 당신은 멋진 남편이긴 하지만, 절대……"

테이블 위에 술병을 내려놓자 그 반동으로 술잔의 술이 넘쳐흘렀다. 아내가 미간을 문지르며 말을 정정했다.

"아니다. 너무 멋있는 사람이므로, 아이는 낳지 말아야 해."

말의 앞뒤도 맞지 않을뿐더러 아내는 당최 무슨 이야기를 하고 있는 건지 본인조차 모르는 것 같았다. 어쨌든 합의된 사항이었으니 술자리에서 정색해가며 다짐을 반복할 필요는 없었다. 그 뒤로 결혼 생활 내내 파란만장한 다툼이 일어날 때에도 아내는 임신에 대해서만은 일절 언급하지 않았다.

풀빌라를 나서자 중철은 못내 아쉬운 기색이었다. 한수는 그에게 함께 분담하기로 했던 술값을 넉넉히 계산해서 쥐여주고 한국에서 보자는 인사를 남기고는 밴에 올라탔다. 방콕으로 가는 내내 가이드는 별말이 없었다. 한수도 더 이상 그와 말을 섞고 싶은 기분은 아니었다.

공항 앞에서 현지인 가이드가 짐을 옮기는 동안 그는 가이드에게 팁이 담긴 봉투를 건넸다. 햇볕에 눈을 찡그린 채 담뱃불을 붙이던 가이드가 봉투를 받았다. 가이드는 안에 담긴 액수를 눈대중으로 확인하고는 한수에게 봉투를 돌려주었다. 어색한 인사를 주고받은 뒤 공항 안으로 걸음을 옮기려는데 가이드가 그를 불렀다.

"여기 왜 온 거야?"

여권을 든 채 엉거주춤 서 있는 한수를 보던 가이드는 담배꽁초의 불씨를 손끝으로 털어냈다.

"놀 생각으로 온 거 아니지?"

가이드의 의중을 헤아리려 입을 다물고 있던 한수는 이내 빙긋 웃었다.

"그럼 왜 왔겠습니까?"

가이드는 차 키를 만지작거리다가 공항을 턱짓했다.

"여기 면세점 넓어. 그 돈으로 와이프 선물이나 하나 사 가."

원정섹스 관광 가이드로 먹고 사는 놈이 쓸데없이 오지랖은. 한수는 대답 대신 돌아서서 성큼성큼 공항 안으로 들어갔다.

탑승 게이트 앞에 다다른 그는 통로에 늘어선 면세점을 둘러보다가 낯익은 브랜드의 매장 안으로 들어섰다. 판매대에는 아내의 화장대 위에서 언뜻 본 적이 있는 조말론 향수가 진열되어 있었다. 직원은 여성분들에게 인기가 많은 모델이라며 몇 가지 향을 추천해주었다. 시향을 해보니 전부 어디선가 맡아본

적이 있는 향기였다. 판매율이 높다는 잉글리쉬 페어, 레몬 앤 바질, 우드 어쩌고 하는 긴 이름의 향수를 구매했다.

10분쯤 연착된 비행기에 올라타자마자 한수는 눈을 감고 잠을 청했다. 잠을 끌어오려 할수록 정신은 또렷해졌고 억지로 감고 있던 눈꺼풀이 미세하게 떨려왔다. 기체의 롤링이 심해 기내에서는 몇 차례 안전벨트를 풀지 말라는 안내 방송이 나왔다.

인천공항에 도착하자마자 한수는 핸드폰의 연락처를 뒤져 통화 버튼을 눌렀다. 삼바 음악이 잠깐 흐르다가 곧 저음의 남자가 전화를 받았다. 한수는 세 시간 뒤 그와 만날 장소를 정하고 서둘러 입국 심사대를 통과했다.

남자는 먼저 카페에 도착해 있었다. 모자를 눌러쓴 그는 동년배치고 한수보다 훨씬 늙어보였다. 왜 전화를 꺼놓았느냐는 한수의 핀잔에 남자는 퉁명스레 대꾸했다.

"일할 땐 방해 돼요."

"그래, 얼마나 찾았습니까?"

조바심이 묻어나는 한수의 질문에 남자는 누런 서류 봉투를 꺼냈다. 한수는 서류 봉투 안의 사진들을 꺼냈다. 단발머리 정대리와 마주 앉아 있는 아내, 낯익은 오피스텔 입구에 서 있는 아내, 한수의 단골 텐카페 밖에서 팔짱을 끼고 선 하영이에게 뭐라 말을 하고 있는 아내, 이마를 짚고 있는 동식이를 앞에 두고 커피숍 메뉴판을 들여다보는 아내……

"그래서 어디까지 알아냈답니까?"

모자를 쓴 남자는 어깨를 으쓱했다.

"도청을 하려면 수고비가 더 올라가죠."

"핸드폰 내역은요?"

"문자나 메신저, 사진까지 뽑으려면 기술적인 면이 많이 동원되어야 해서 천 단위는 생각하셔야 합니다."

"언제까지 가능합니까?"

"도청은 한 달 단위로 해드리고, 내역은 입금 직후부터 일주일 정도면 나오죠."

착수금이 적힌 종이를 받은 한수는 잠시 종이 귀퉁이를 만지작거렸다.

"근데, 정말 이게 전부입니까? 더 만난 사람 없었어요?"

"애인? 그런 건 없어 보이던데."

한수는 서류 봉투를 들고 먼저 일어섰다.

"가능한 한 빨리 부탁드립니다."

"차액도 같이 입금하는 거 잊지 마시고. 입금 확인되면 연락할게요."

카페를 나오자 차가운 초겨울 바람이 목덜미를 스쳤다.

한 달 전이었던가. 아내가 화장실에 간 사이 무심코 컴퓨터를 들여다보던 한수는 그녀가 로그아웃 하는 것을 잊은 클라우드 계정을 발견했다. 별생각 없이 클라우드를 클릭한 그는 가슴이 서늘해졌다. 여자들과 나눈 메신저 대화가 입력된 한수의 핸드폰 액정을 클로즈업해서 촬영한 사진, 그의 차 블랙박스에 입력된 메모리를 옮겨둔 파일, 심지어 아내와 다툰 날 그녀가 녹음해두었던 음성 파일까지 날짜별로 차곡차곡 저장되어 있었다. 태연한 척 해실거리면서 내 등 뒤에서 뒷조사를 하고 있었단 말인가. 기어코 한수의 핸드폰 비밀번호를 알아낸 아내의 집요함에 소름이 돋을 지경이었다. 그러나 한수는 아내의 생각처럼 어리석지 않았다. 여자들과 메시지를 주고받을 때 돈이나 섹스에 대한 언급은 절대 하지 않았고 차에 누군가를 태운 동안에는 최대한 말을 아꼈다. 아내와의 싸움 도중에도 그에게 불리할 만한 표현은 결코 입 밖에 꺼내지 않았다. 다시 말해 기를 쓰고 그를 털어낸다 한들, 아내가 얻을 수 있는 정보의 범위는 한정되어 있다는 것이었다.

그런데 만에 하나 그녀가 사립 탐정을 고용하기라도 했다면? 그럼 얘기가 달라질 수도 있었다. 호텔에 갈 때엔 늘 여자와 시간 간격을 두고 들어가며, 계산은 무조건 현금으로 하는 치밀함을 잊지 않던 한수였지만 단 한 번의 실수도 없었다고 장담하기는 어려웠다. 간통죄까지 없어진 마당에 뭐 그리 신경 쓸 게 있느냐? 만에 하나 아내의 목적이 위자료를 뜯어내는 데에서 그치지 않고 한수를 사회에서 매장시키고자 하는 것이라면 일은 상당히 피곤하게 꼬일 것이었다. 내연녀들을 고소하거나, 매춘 행위 신고, 사업차 만든 술자리라고는 하지만 결국 가정을 파탄 냈다는 사유로 회사를 고소하는 것도 가능했다. 아내가 무슨 행동을 취하건 한수도 그에 응수할 방법 정도는 꿰고 있었다. 하지만 다른 사람들의 시선, 말인즉 남들의 도마 위에 오르며 입장이 쪽팔리게 되는 상황만은 상상조차 하고 싶지 않았다. 한수는 다음 날 급히 아내의 통장과 카드 내역을 뽑아보았다. 다행히도 누군가를 고용할 만한 돈이 출금된 기록은 없었다. 하지만 안심하기엔 이르다는 판단을 내렸다.

한수는 아내가 자신에 대해 무엇을 알아냈는지 알기 위해 아내를 뒷조사할 사람을 고용했다. 그러던 차에 동식이 태국 여행을 간다는 얘기를 꺼냈고, 그는 아내의 움직임을 좀더 면밀히 살피기 위해 잠시 한국을 떠나 있기로 했던 것이다.

그는 아내 혼자서 핸드폰 잠금을 풀고, 블랙박스 메모리를 옮겨두기까지 했다는 점이 영 미심쩍었다. 컴퓨터 백업도 하지 못할 만큼 기계에 서툰 아내가 오직 집념 하나만으로 그런 정보를 알아냈다는 게 가능한 일일까? 분명 누군가 곁에서 도움을 준 인간이 있는 게 아닐까. 아내의 친정 식구들 중에는 발 벗고 나서서 그녀를 도와줄 만한 배짱이 있는 사람은 없다. 자주 연락하는 친구도 없다. 그렇다면 의심해볼 수 있는 건 하나, 다른 놈이 생겼을 가능성. 한수가 가장 먼저 떠올린 것은 아내가 뜬금없이 관심을 보이기 시작한 식물들이었다. 아마도 식물 동호회에서 알게 된 남자가 아닐까. 별 볼 일 없는 식물에 환장하는 놈들이라면 아내와 마찬가지로 시간이 남아도는 무료한 인생들일 게 뻔했다. 서로 통하는 게 있으니 공감대가 형성될 만한 관계를 맺는 것도 가능했겠지.

은행에 들러 돈을 송금한 뒤 한수는 동식에게 전화를 걸었다. 그는 어째서 아내가 찾아왔다는 사실을 바로 알리지 않았느냐 따져 묻고는 무슨 이야기를 나누었는지 동식을 추궁했다.

"모른다고 잡아뗐지. 야, 제발 나한테까지 불똥 튀게 하지 마라. 가뜩이나 바빠 죽겠는데 내가 니 마누라한테까지 시달려야겠냐? 니가 처신을 잘했으면 내가 엮일 일도 없었을 거 아냐."

동식의 목소리에 날이 서 있었다.

"니 일은 니가 좀 알아서 해. 끊는다."

트렁크를 세우고 현관문을 열었을 때, 이제 막 외출에서 돌아온 듯 귀걸이를 풀고 있던 아내가 그를 돌아보았다.

"어? 일찍 왔네?"

한수는 말없이 짐을 방 안에 들여놓았다. 면세점에서 산 향수를 주자 아내는 고맙다고 말하고는 상자를 열어보지도 않은 채 테이블 위에 내려놓았다. 그녀가 화장을 지우고 옷을 갈아입고 나오는 동안 한수는 말없이 소파에 앉아 있었다. 아내가 테이블 위의 아로마 향초에 불을 붙였다.

"제발 그것 좀 그만할 수 없어?"

아내는 "응?" 하며 그를 쳐다보았다.

"그 초 말이야. 냄새가 정말 독해. 속이 다 매스껍다고."

아내는 일렁이는 촛불을 물끄러미 보다가 그에게로 시선을 옮겼다.

"초라도 켜지 않으면 참을 수가 없는데."

"뭘?"

"당신."

아내는 곤란한 표정으로 입술을 오므렸다.

"당신한테 나는 냄새."

"무슨 소리야?"

"말하기 미안해서 가만히 있었는데. 나 당신한테서 나는 냄새가 너무 싫어."

한수는 얼빠진 얼굴로 아내를 올려다보았다. 아내는 코언저리를 손으로 가린 채 말했다.

"청소도 매일 하고, 환기도 시키는데 당신만 들어오면 집 안에 냄새가 진동해. 탈취제도 소용이 없고…… 초를 켜두면 그나마 좀 묻히거든. 공기 청정에 좋다는 화분을 이렇게나 갖다놨는데도 효과가 없네."

"무슨 냄새가 난다고 그래?"

불쾌해진 그의 질문에 아내는 잠시 바닥을 내려다보다가 결심한 듯 그를 마주 보았다.

"당신 체취. 옆에서 자기가 힘들 정도야. 오죽하면 내가 같이 밥을 못 먹겠어."

"당신 정신적으로 좀 문제 있는 거 아니야?"

한수는 황당하게 웃으며 물었다.

"작년인가…… 빨래하다가 당신 팬티를 봤는데 똥이 좀 묻어 있더라고. 물론 그럴 수도 있지, 하고 넘겼는데. 그날 밤 당신이 집에 왔을 때 갑자기 숨이 확 막히는 거야. 구린내라고 하기엔 비린내 같은 것도 섞여 있고. 뭐라 표현을 못 하겠네."

"당신 참 무섭다. 내가 싫으면 그냥 말을 해. 사람 몰래 뒤나 캐고 다니면서 구질구질하게 냄새난다느니 헛소리하지 말고."

한수는 치밀어 오르는 화를 억누르며 차분하게 말했다.

"뒷조사는 당신도 하고 있잖아."

거실에 침묵이 흘렀다. 한수는 건조한 두 눈을 문질렀다.

"그냥 아는 동생들이라고 말했잖아. 다른 여자 사랑하거나 한 적 없어."

"하지만 나를 사랑한 것도 아니지."

두 사람은 다시 입을 다물었다.

"우리 지금 뭐하는 거냐…… 나랑 이혼하고 싶어? 그게 편하면 당신 뜻대로 하자."

한수는 두 손을 깍지 낀 채 말했다.

"뭐하러 이혼을 해?"

아내는 눈을 동그랗게 떴다.

"이제 겨우 당신이랑 사는 데에 익숙해졌어. 내가 곰곰이 생각을 해봤거든. 당신은 똑똑한 사람이니까 나랑 지겹게 싸우면서도 결혼 생활을 계속하는 걸 보면, 분명 이 결혼에 내가 모르는 장점이 있기 때문이 아닐까. 도저히 답이 안 나왔는데 똥 묻은 팬티를 본 날 그게 뭔지 알게 됐어!"

한수의 일그러진 표정 따위는 아랑곳 않고 아내는 홍조를 띤 채 말을 이었다.

"우리한테 공통점이 있다는 거야."

참 인생 피곤하게 사는구만. 한수는 맥없이 아내의 말을 듣고 있었다.

"서로에 대해 아는 게 없다는 거. 둘 다 별생각 없이 결혼을 해서 그런가? 나는 당신이 잘생기고 멋있어서 첫눈에 반했거든. 남편이라기보다는 연예인을 좋아하는 마음, 그런 사랑이었달까. 당신은 그런 거 몰랐지? 암튼 똥 묻은 팬티를 보고 난 뒤로 신기하게 당신의 문제점들이 하나씩 눈에 보이기 시작하더라. 그러고 나니까 더 이상 당신에 대해서 궁금하지도 않고."

"팬티 얘기 좀 그만할 수 없어? 그럼 왜 남의 뒤를 캐고 다닌 건데?"

아내는 앞머리를 귀 뒤로 넘기며 당연한 걸 묻느냐는 듯 대답했다.

"다른 건 괜찮은데, 냄새가 더 심해지면 나도 당신이랑 살기가 힘들어질 테니까. 만일에 대비해서 이혼 준비는 미리 해두는 게 좋대. 합의금 때문에."

"이러면서까지 계속 같이 살고 싶은 이유가 뭐냐?"

"전에 당신이 말했잖아. 당신 덕에 사는 생활이 편하지 않느냐고. 맞아. 당신은 집에도 잘 안 들어오고, 돈도 잘 벌어오고. 밥 차릴 일도, 빨래할 것도 많지 않아서 내가 편해."

아! 하며 아내는 콧등을 찡그렸다.

"근데 당신 형님네가 보내는 애들 사진은 좀 지겨워. 도대체 똑같은 사진을 하루에 몇 장씩 보내는 건지. 귀엽다고 안 해주면 또 삐치잖아. 솔직히 애들이 그렇게 예쁘게 생긴 것도 아닌데. 그 점은 성가시니까 당신이 말 좀 해줘."

아내는 각방을 쓰는 게 서로에게 좋을 것 같다며 침대 카탈로그를 꺼냈다.

한수는 생각에 잠겼다. 아내는 한수에게 앙심을 품은 게 아니었다. 우려했던 일들은 일어나지 않을 테고, 오히려 그가 원하던 결혼 생활이 이제야 안정감 있게 정착되었다. 냄새난다는 말이 걸리긴 하지만 일종의 편집증 증세려니 하고 넘어가면 그만일 일이었다. 그럼에도 한수는 자신이 이용당하고 있다는 느낌을 지울 수가 없었다. 그는 방으로 들어가는 아내를 향해 입을 떼었다.

"대체 TOP가 뭐냐?"

아내는 대수롭지 않게 대답했다.

"그거 중고 가방 거래하는 카페. 찾아보니까 다른 데보다 비싸게 쳐주더라고. 어차피 메지도 않는 백들 다 팔아버렸지, 뭐."

"돈이 필요해서?"

"응."

아내가 방 안에서 끙끙거리며 루이뷔통 트렁크를 들고 나와 현관 앞에 내려놓았다.

"그것도 내다 팔라고?"

한수의 비아냥에 아내는 상기된 얼굴로 고개를 저었다.

"나 내일 여행가. 그렇잖아도 저녁에 전화하려고 했는데. 당신 일찍 올 줄 알았으면 반찬 좀더 해둘 걸 그랬네."

한수가 아내 쪽으로 몸을 비틀었다.

"어디로 가는데?"

"LA. 영어가 안 되면 가이드 있는 게 편하대서 개인 가이드도 알아봐뒀어. 나, 전부터 라스베이거스도 궁금했고 할리우드도 꼭 한번 가보고 싶었거든."

분무기를 들고 식물들을 살피던 아내가 한수를 돌아보았다. 아내의 얼굴에 묘한 표정이 스쳤다.

"당신, 팬티 갈아입어야겠다."

한수는 움칠, 바지 앞섶을 내려다보았다. 연신 삼켜댄 진통제 때문에 통증을 느끼지 못했던 요도에서 흐른 진물로 바짓가랑이 부분이 얼룩져 있었다. 사타구니 쪽으로 고개를 숙이자 지독한 악취가 올라와 한수의 코를 찔렀다.

"이건 같이 갔던 가이드 때문에……"

"이제 남 탓은 그만하자."

치익, 칙. 나뭇잎에 분무기를 분사하던 아내가 그에게 미소 지었다.

"당신 빨래는 노란색 바구니에 넣어둬. 파란색 바구니는 내 빨래야."

아내는 떨어진 꽃잎을 손바닥에 주워 담으며 혼잣말처럼 중얼거렸다.

"웬만하면 그 팬티는 버리고."

전원 일기

"개 풀어."

아버지가 앞니를 혀로 쭉 훑으며 말한다. 발바닥 굳은살을 손톱깎이로 잘라내던 형이 일어선다. 나는 형이 열고 나간 문밖으로 마당을 살핀다. 용식이와 용팔이가 사납게 짖으며 비탈진 마당을 가로질러 달린다. 나는 방바닥에 흩어진 누런 굳은살 조각을 손바닥으로 쓸어 모은다. 개 짖는 소리가 멀어지더니 차츰 잦아든다. 곧 형이 돌아온다.

"갔어요."

형이 털썩 바닥에 앉으며 덧붙인다.

"다시 오겠대요."

"지랄들."

아버지가 코웃음 치며 소주를 따른다.

나흘 전쯤 모 공중파 프로그램에서 찾아왔었다. 이쪽에서 취재를 거절하자 그들은 의외로 순순히 돌아갔다. 오늘은 남자 둘이 더 합세해 다섯이서 찾아왔다고 한다. 품종은 풍산개지만 들개와 다름없는 용식이와 용팔이가 갑자기 달려들자 당황하여 철수한 모양이었다. 개 잡는 집을 개들이 지키고 있다는 생각은 하지 못한 것이다.

아버지가 발로 밥상을 밀어낸다. 텔레비전에 시선을 둔 채로 두 사람의 눈치를 보고 있던 나는 슬그머니 밥상을 들고 방을 나온다. 부엌에는 엄마가 문지방에 걸터앉아 몸을 앞뒤로 흔들며 노래를 흥얼거린다. 내가 상을 내려놓자 엄마는 찌그러진 양동이를 끌어당긴다. 양동이에 담겨 있는 잔반에 서리태처럼 섞여 있던 똥파리들이 날아오른다. 그릇에 남은 음식과 밥덩이를 양동이에 넣고 커다란 국자로 꾹꾹 누른다. 양동이에서 시큼한 땀냄새가 풍긴다. 엄마는 입술을 비죽 내밀고 힘주어 잔반을 휘젓는다. 몸은 겹이 진 살과 붓기로 퉁퉁하지만 오른쪽 팔뚝만은 아버지의 허벅지 못지않게 단단한 근육으로 이루어져 있다. 이윽고 엄마가 양동이를 질질 끌며 부엌에서 나간다. 철창 너머 개들이 몸을 일으키는 소리가 들린다. 아직 길들여지지 않은 개들의 목에 묶인 쇠사슬이 철컥거린다. 엄마는 국자로 개들의 밥그릇에 잔반을 채운다. 똥개부터 진돗개, 허스키, 코카, 시츄까지 갇혀 있는 개들의 종류는 다양하다.

안방의 미닫이문이 열리고 할머니가 고개를 내민다. 굽은 등에 뒷짐을 진 채 고무 슬리퍼를 신고 내려온다. 엄마가 눈을 껌벅거리다가 양동이를 들고 후다닥 부엌으로 사라진다. 용팔이와 용식이의 밥은 할머니가 직접 준다. 할머니의 냄비에는 살점이 붙은 실한 뼈다귀가 담겨 있다. 용식이와 용팔이가 재빠르게 꼬리를 흔든다. 할머니는 손수 개 밥그릇에 뼈다귀와 국에 만 밥을 부어준다.

할머니가 마당 가장자리를 따라 걸으며 찬찬히 철창 안의 개들을 바라본다. 걸레 뭉치처럼 털이 엉킨 개, 밥 먹을 생각도 않고 자빠져 누운 개, 벌어진 상처에서 진물을 흘리는 개, 말라비틀어진 젖을 매단 개. 할머니는 흐뭇한 얼굴로 사부작사부작 마당 뒤편으로 돌아간다.

마당 뒤편의 창고에는 도축장이 있다. 부식된 시멘트 벽에 세워진 전기 충격기, 아버지가 목욕통이라고 부르는 털 제거기, 거죽을 벗기는 작업대. 한쪽 벽에는 마주 보는 벽면과 평행으로 단단히 박아놓은 봉에 굵은 쇠고리들이 걸려 있다. 손질을 마친 고기를 걸어두는 속칭, 빨랫대다.

"정수야."

할머니의 부름에 몇 발자국 뒤에 서 있던 나는 잰걸음으로 곁에 다가선다.

"과일이랑 포 좀 싸라."

보자기를 들고 산길을 오른다. 걸음을 뗄 때마다 발밑의 메뚜기들이 튀어 오른다. 가을 한낮의 볕은 건조하고 따갑다. 앞서 걷는 할머니의 쪽 찐 머리에서 흘러내린 잔머리칼이 미풍에 흩날린다. 나는 금세 숨이 차서 쌕쌕거린다. 산길이 낫처럼 휘어지는 초입에 할아버지의 무덤이 있다. 할머니는 바닥에 떨어진 상수리 껍질을 밟으며 걷는다.

"굼벵이 매암이 돼야 나래 도쳐 나라올라, 노프나 노픈 남게 소릐는 됴커니와, 그 우희 거믜줄이시니 그를 됴심하여라."

나직이 읊는 시조가 끝날 무렵 할머니와 나는 무덤 앞에 다다른다. 무덤은 잡풀로 무성하다. 나는 보자기를 풀어 풀 위에 깔고 술과 배, 사과, 북어를 꺼내 올린다.

"살아서 그리 수염이 많으시더니 죽어서도 풀이 무성하네."

내가 절을 올리는 동안 할머니는 무덤 근처 풀숲을 헤적인다. 할머니가 술을 무덤 주위에 뿌리는 동안 나는 과일을 먹는다. 배는 물이 적고 퍼석퍼석하지만 사과는 달다.

"정수야, 왜 그리 맘이 약하냐."

내가 먹는 모습을 지켜보던 할머니가 말한다. 나는 고개를 숙인다.

"열다섯이면 다 컸다. 집이 이래도 너는 선비 집안 자식임을 잊으믄 안 된다."

뒷덜미에 모래 포대를 얹은 것처럼 고개가 더욱 수그러든다.

"공부를 많이 해라. 너 하나라도 제대로 길을 가야지. 그래야 내가 죽어서도 네 할아비 앞에 면목이 선다."

개들은 서열을 금세 파악한다. 아버지, 형, 나, 엄마, 그리고 모두의 위에 군림하는 할머니. 아버지처럼 욱해서 삽으로 개를 패거나 직접 도축을 하는 것도 아닌데 개들은 할머니가 나타나면 일제히 구석으로 숨는다. 짖던 것도 멈추고 앓던 개도 신음을 죽인다. 몽둥이로 후려치는 둔탁한 마찰음과 개의 비명, 아버지와 형의 욕지거리는 마루 밑 댓돌 위의 때가 낀 슬리퍼나 마당에 굴러다니는 양은 대야처럼 집에 머무는 당연한 풍경이다. 할머니가 지배하는 건 정적이다. 매일 찾아오지만 매번 낯선 공기를 안은 정적. 주름졌지만 고운 얼굴과 인자한 표정으로 늘 서두르는 법 없이 행동 하나하나 품위를 갖춘 할머니는 이 집과 어울리지 않는다. 하지만 5년 전 평범했던 창고를 도축장으로 개조하고 튼튼한 철장을 주문한 사람은 할머니였다.

집에 가까워지자 목욕통 돌아가는 소리가 들린다. 형이 목욕통으로 털 뽑은 개를 건네면 아버지는 작업대에서 손질을 시작한다. 두 사람의 호흡은 완벽하다. 개 한 마리를 잡는 데에는 30분도 채 걸리지 않는다.

나는 할머니 방으로 따라 들어간다. 방석 위에 앉은 할머니의 어깨와 팔을 정성껏 주무른다. 탄력이 빠져 부드러워진 얇은 피부 아래 할머니의 뼈를 만지는 게 좋다. 특히 팔목의 뼈는 하늘을 향해 뻗은 매끈한 나뭇가지처럼 곧고 가느다라면서도 흙 위에 불거진 뿌리처럼 단단하다. 뼛속으로 맑은 바람 흐르는 소리가 들리는 것 같다. 할머니의 몸에서는 벌레 먹지 않은 나무 이파리 냄새가 난다.

"더워 죽겠는데 사람 피곤하게."

문밖에서 형이 투덜거린다.

"전기로 하니까 질기다고 지랄이잖아."

"어디서 굴러먹던 놈이 와서 새로 축사를 여는 바람에 눈들이 높아졌어요. 주는 대로 잘만 받아가던 놈들이."

대목이던 여름이 지나고 가을로 접어들면 슬슬 주문이 뜸해진다. 겨울에는 몸보신용으로 수요가 다시 늘지만 장사의 비수기인 요즘 같은 때에는 식구들 신경이 날카롭다.

"니가 한번 가봐라."

"예."

형이 학교를 그만둔 건 고등학교 2학년이던 작년 여름이었다. 자기 비위를 뒤틀리게 했던 교사를 폭행하고 징계를 받은 뒤 자퇴서를 던지고는 학교에 가지 않았다. 아버지는 술 취해 몇 차례 형을 팼을 뿐 다시 복학하라는 강요는 하지 않았다. 주문이 밀려 일손이 부족하던 시기였다. 형은 할머니에게서 내려질 벌을 두려워했지만 할머니는 그 일에 대해 아무 말 하지 않았다.

"정수 어디 갔냐."

아버지의 부름에 나는 할머니를 본다. 할머니가 나가보라며 고개를 끄덕인다. 형이 아니꼬운 눈초리로 나를 쳐다보더니 흙

바닥에 가래침을 뱉는다.

"청소해."

나는 꾸벅 고개를 숙이고 창고로 향한다. 못에 걸린 앞치마는 내 무릎을 덮는 길이다. 장화도 너무 커서 발가락에 힘을 주지 않으면 자칫 고꾸라지고 만다. 나는 수도꼭지를 돌리고 고무호스를 집어 든다. 작업대 위와 바닥에 고인 피를 하수구로 흘려보내고 벌써 마르기 시작한 얼룩을 빗자루로 벅벅 긁어낸다. 플라스틱 통 안에 담긴 도구들을 깨끗이 닦고 녹이 슬지 않게 마른걸레로 물기를 제거한다. 마지막으로 목욕통 앞에 선다. 탈수기를 닮은 목욕통의 기다란 홈 사이사이에 미처 밑으로 내려가지 못한 누런 털들이 끼어 있다. 숨을 참으며 장갑 낀 손으로 털들을 뽑아낸다. 도축장 안에 밴 비린내와 쓰레기통에 담긴 내장을 참는 데엔 익숙해져 있다. 그러나 수없이 같은 일을 반복해도 도저히 익숙해지지 않는 건 개들의 털이다.

쓰레기통을 들고 밖으로 나오자 살갗에 붙어 있는 털이 햇빛에 일제히 바늘처럼 빛난다. 아무리 몸을 씻고 옷을 갈아입어도 어깨나 사타구니에 붙은 털은 지독히도 떨어지지 않는다. 옷장과 밥상 위, 찐득거리는 방바닥, 책꽂이와 신발 속, 집 안 곳곳에 짧고 길고 희고 누런 털들이 있다. 털은 가벼워서 공기 중에 부유할 것 같지만 그렇지 않다. 털은 살에 박혀 있던 습성을 버리지 못한다. 허공에 보이는 털들은 떠다니는 게 아니라 달라붙어 기생할 곳을 찾는 것이다.

집에서 멀리 떨어진 산기슭에 땅을 파고 통에 담긴 내용물들을 묻어버리고 나면 내가 할 일은 끝이다.

목욕을 마치고 나오자 형이 보이지 않는다. 성격이 급한 형은 아버지의 명령이 떨어지기 무섭게 오토바이를 타고 새로 생겼다는 근처 도축장으로 달려간 듯했다. 아버지는 할머니 방에서 오늘 배달 나간 개와 거래 금액을 에누리한 것에 대해 보고하고 있다. 방에서 나온 아버지의 심기가 불편해 보인다. 좋지 않은 말을 들은 것 같다. 아버지는 목에 수건을 건 나를 힐끗 보더니 마당 구석에서 모기향 불을 붙이고 있는 엄마에게 버럭 소리를 내지른다.

"나오지 말랬잖아, 등신아!"

엄마가 울상을 지으며 부엌으로 뛰어 들어간다.

"돼지 년이 재수 없게."

엄마의 조기 치매 증상은 할머니의 지시대로 도축장을 열기 전, 아버지가 전망 없는 사업을 수차례 망해먹고 엄마 앞으로까지 받아 쓴 대출을 갚지 못해 파산 신고와 개인 회생 신청을 한 뒤로 급속히 진행되었다. 병이 깊어짐에 따라 몸의 살도 홍수 때의 강물처럼 불어나 출렁였다.

아버지는 웬만해선 내게 말을 걸지 않는다. 할머니가 늘 나를 곁에 두기 때문이다. 할머니 앞에서 아버지는 말을 더듬는다. 어렸을 적 말더듬이였던 버릇을 고쳤다고 하는데 여전히 안방에만 들어가면 혀끝이 저린 사람처럼 말을 제대로 하지 못한다. 내가 태어나기 전에 돌아가신 할아버지는 아버지에게 어린 시절부터 어른이 되었을 때까지 조선 시대 시조를 외우게 했다고 한다. 발음이 틀리면 엄한 체벌이 내려졌다. 할아버지가 돌아가신 뒤에는 할머니가 그 일을 이어받았다. 도축장을 세우기 전까지만 해도 나는 밤마다 아버지가 안방에 들어가 할머니를 따라 시조 읊는 소리를 듣곤 했었다. 뜻도 모르는 시조들을 아버지는 떨리는 목소리로 더듬거렸다.

중간고사 기간에 접어들었다. 나는 이마를 짚은 채 문제집을 푸는 중이었다. 오늘 본 두 과목은 그럭저럭 점수가 괜찮았다. 대문을 요란하게 걷어차는 소리에 나는 움칠 샤프펜슬 돌리던 손가락을 멈춘다. 외출에서 돌아온 아버지가 형을 찾는다. 목소리가 심상치 않다. 같은 수학 문제를 여러 차례 반복해 읽지만 숫자와 글자 들이 튀밥처럼 자꾸 흩어진다. 형의 방문이 열린다.

"너 새끼야, 그 집 딸년이랑 붙어먹었냐?"

두꺼운 손이 형의 뺨을 후려치고, 신발로 정강이를 걷어차이는 형의 모습은 굳이 나가서 보지 않아도 눈에 선하다.

"아버지 그게 아니라요."

"동네에 소문이 쫙 났는데 아니긴 뭐가! 가서 조지고 오랬더니 떡을 쳐?"

형이 근처 도축장에 다녀온 지도 한 달 남짓 지났다. 그 집

딸은 나도 시내에서 본 적이 있다. 스무두어 살이라고 하는데 깡마른 체구에 헐렁한 티셔츠 안으로는 속옷도 입지 않는지 움직일 때마다 밋밋한 가슴에 얼핏 젖꼭지가 도드라져 보였다. 영 못생긴 얼굴에는 주근깨가 많았다. 그땐 무슨 일인지 슈퍼 아주머니와 악다구니를 쓰며 싸우고 있었다.

형은 정말 그 여자와 잤을까. 나는 문틈으로 빼꼼 얼굴을 내민다.

"따라와."

아버지가 오토바이 뒤의 노란 바구니에 연장을 싣고 출발한다. 형은 구겨 신은 운동화 뒤축을 펴고 아버지 뒤를 따라 달려 나간다. 두 사람의 소리가 멀어질 때쯤 할머니가 나를 부른다. 한 달 사이 할머니는 눈에 띄게 여위었다.

"오늘은?"

"체육만 두 개 틀리고 생물은 잘 봤습니다."

"지난번처럼 상 받을 수 있겠냐?"

"열심히 해볼게요."

할머니가 물끄러미 나를 보더니 문득 미소를 띤다.

"볼수록 네 할아비를 닮았구나."

나는 뭐라고 대답해야 할지 몰라 무릎을 문질렀다.

"학교에선 공부만 잘하면 상을 주지. 세상에 나가면 달라진다. 상이란 게 책상 앞에서만 나오는 게 아니라 밥상, 술상 앞에서도 나오는 거다."

당장은 무슨 말인지 와닿지 않지만 일단 대답은 해야 한다.

"예."

"밥상이나 술상머리 앞에 앉기 전에는 늘 자리를 확인해라. 앉을 곳에 깔린 게 비단 방석인지 너를 잡는 덫인지."

"예."

"내일은 더 잘 보거라."

"예."

"어미한테 밥상 내오라고 해라. 같이 먹자꾸나."

곧 들어온 밥상에는 두 사람이 먹기에 넘치도록 많은 음식이 차려져 있다. 할머니는 수저에 물을 묻히고 밥 한 술을 떠 음미하며 씹는다. 깻잎을 잔뜩 썰어 넣은 뺏국은 들깨 냄새가 많이 난다. 할머니의 식사법은 바느질을 닮았다. 조용히 적은 양을 집어 입에 넣고, 바늘을 당겨 실 울음을 달래듯 오래 씹어 목으로 넘긴다. 바르게 쥔 젓가락은 실과 실 사이 일정한 간격처럼 놓인 그릇 사이를 골고루 오간다. 할머니는 밥을 아주 맛있게 먹는다. 보는 것만으로도 상대방의 식탐을 불러일으킬 만큼 할머니가 집는 음식들은 하나같이 맛있어 보인다.

할머니는 식욕이 왕성하지만 결코 폭식을 하지 않는다. 늘 일정량만 먹고 음식을 남긴다. 식욕과 식탐은 다른 거 같다. 남은 음식은 용식이와 용팔이의 몫이다. 할머니가 나간 뒤 나는 밥상을 들고 부엌으로 들어온다. 엄마는 밥을 비벼 먹다가 일어나 밥상을 받아 든다.

쨍그렁. 마당에 삽자루 떨어지는 소리가 들린다.

"병신 같은 새끼."

아버지의 목소리에 독이 올라 있다. 밖으로 나오자 형이 죄인처럼 뒷짐을 지고 마당 구석에 서 있다. 할머니는 이미 방으로 들어가고 없었다.

"그 계집애가 하도 몸 굴리고 다녀서 제 애라는 보장도 없어요."

형의 말이 끝나기 무섭게 아버지는 광대뼈 불거진 형의 얼굴에 주먹을 내리꽂는다. 막 시작되려던 아버지의 발길질이 멈춘다. 할머니가 구부정히 툇마루 위에 서 있다.

"얼마를 달라던?"

"2백요. 애 지우고 뭐 몸 추스를 돈도 필요하대나."

아버지가 쓴 입맛을 다시며 말한다.

"주지 말고 이리로 데려와라."

"예?"

"자식이 생겼음 데리고 살아야지."

형이 머리칼을 쥐어뜯는다.

할머니가 방으로 들어간 뒤 형은 찌그러진 양은 대야를 발로 걷어찬다. 그러고도 어쩔 줄을 몰라 마루 기둥에 머리를 박아댄다.

"육갑한다."

아버지가 형을 흘끗 보더니 방으로 들어간다.

그 일이 있은 뒤로 얼마 동안 집안 조용할 날이 없었다. 여자 쪽 아버지가 와서 행패를 부리고 나면 아버지가 달려가 깽판을 놓고, 그러고 난 뒤에는 모든 화풀이가 엄마에게 돌아가 엄마는 밤새 죽는 소리를 내며 얻어맞았다. 결국 여자가 제 아버지의 손에 끌려 집으로 찾아왔다. 가까이서 보니 누런 흰자위에 팥알처럼 작은 검은 눈동자가 어딘가 교활해 보였고, 고르지 않은 치열 때문에 우스꽝스러운 얼굴이었다.

할머니는 여자를 툇마루에 앉히고 엄마에게 사이다를 내오도록 했다.

"음식은 할 줄 아나?"

여자가 기가 차다는 듯 고개를 쳐들고 설레설레 젓는다.

"그럼, 개는 돌볼 줄 아나?"

"씨발, 난 그런 거 못하거든요?"

"할 줄 아는 게 뭐지?"

"없거든요? 존나 몸에 열불나 죽겠는데 왜 오라 가라 지랄이야. 지들이 찾아올 것이지."

여자가 고개를 모로 비틀며 중얼거린다.

할머니가 여자를 물끄러미 바라본다. 여자는 할머니에게 눈을 흘기며 신경질적으로 쏘아붙인다.

"뭘 봐요?"

"할 줄 아는 것도 없고. 생긴 모양도 못났고. 보아하니 제 아비도 별 볼 일 없고."

마당에 서 있던 여자의 아버지가 울컥하며 나서려는 낌새를 보였으나 용식이와 용팔이가 낮게 그르렁거리자 어쩔 수 없이 물러섰다. 할머니는 느긋하게 말을 잇는다.

"세상 나가봤자 개 취급도 못 받을 인생, 여기서 개나 잡으며 살거라."

"이 노인네 존나 웃기네. 한 대 치면 쓰러지게 생겨갖고 입만 살아서."

"말조심해."

형이 슬그머니 나서서 말한다.

"우린 받아준다고 했으니 이제 네 맘대로 하거라. 애만 낳아 두고 가든 너 혼자 좋을 대로 키우든."

말을 마친 할머니가 먼저 자리에서 일어선다.

"피차 일 크게 만들지 말고 애 떼어버릴 돈만 주면 꺼져준다잖아. 수술비도 비싸다고!"

여자가 빽 소리를 내지른다. 할머니는 비척비척 마루를 따라 걷는다.

"짐승을 잡더니 벌써 짐승이 다 됐구만."

아버지와 형이 부녀를 내쫓듯 보냈다. 여자는 온갖 저주를 퍼붓고 악다구니를 쓰며 돌아갔다.

저녁 무렵 파리 윙윙대는 소리가 유난스럽다 싶어 들여다보니 개장수에게 덤으로 받은 늙은 몰티즈가 죽어 있었다. 청소는 나의 몫. 나는 철장 문을 열고 개를 삽으로 들어낸다. 빈 포대에 개를 넣고 살충제를 뿌린 후 집을 나선다. 오늘은 어디쯤에 묻으면 좋을까.

아버지가 낮잠을 자고 있는 동안 취재 팀이 또 찾아왔다. 나는 학교에서 막 돌아오던 참이었다. 그들은 나를 붙잡고 대화를 하고 싶다고 했다. 그들은 어린 내가 가장 만만하다고 생각하였는지 내 키 높이보다 낮게 몸을 쭈그리고 앉아 호소에 가까운 부탁을 하기 시작했다. 저 개 한 마리 한 마리가 얼마나 소중한 생명이며, 살아야 할 가치가 있는지에 대해. 죄 없는 생물을 도축하는 일의 잔인함과 윤리 의식에 관하여.

"저기 산 하나만 지나시면요……"

나는 한참 만에 입을 떼었다.

"개 도축장이 있어요. 어차피 방송 분량 필요하신 거잖아요?"

아무도 끼어들지 않았기에 나는 말을 이었다.

"여기서 이러시는 거 시간 낭비예요. 며칠을 기다리고 애를 써서 개들을 구조했는지, 그런 눈물겨운 사연 같은 거 연출하기 힘드실 거예요. 저쪽 도축장으로 가세요. 생긴 지가 얼마 안 되어서 개들 상태도 나을 거고. 구출했을 때 살 확률도 높을 거예요. 여긴 그냥 개 기르는 집이에요."

리포터가 입을 열려는 찰나 아버지의 하품 소리가 들려온다.

"가세요."

나는 대문을 닫고 문을 잠근다.

용식이와 용팔이가 나를 향해 꼬리를 흔든다.

여자가 우리 집에 찾아오는 날이 잦아졌다. 처음엔 못마땅한 눈빛으로 어슬렁거리다가 돌아가더니 이젠 제법 형과 방에서 시시덕거리고 밥을 먹고 가기도 한다. 더 이상 인공 유산이 불가능하여 유도 분만 시술을 해야 한다는 진단이 나오자 여자는 아이 지우기를 포기한 것 같다. 제 눈에 보아하니 집안의 궂은 일은 엄마가 다 하고 밥 굶을 일도 없겠다 싶었는지 슬슬 이 집에 엉덩이를 붙일 눈치다. 여자의 배가 눈에 띄게 불러올수록 할머니는 점점 말라간다. 식사량이 눈에 띄게 줄었다. 할머니는 아버지에게 사돈에게 상소리를 하지 말고 예의를 지키라 했다. 서로 못 죽여 안달이던 양쪽 집안 아버지들도 술자리를 한 번 갖더니 전보다 관계가 꽤 회복되었다.

할머니가 방 안에서 시조를 읊는 날이 늘었다. 나를 불러 옛이야기를 하는 시간도 길어졌다. 아버지와 달리 할머니 할아버지는 그 시대 분들 중에서도 공부를 많이 한 분이었다. 할머니는 늘 할아버지의 곧은 성품을 안타까워했다. 조금만 융통성이 있었어도 크게 한자리했을 양반이라는 것이었다. 할아버지는 교직에서 아이들을 가르치며 평생을 보냈다고 한다. 할아버지가 제대로 가르치지 못한 제자는 단 한 명, 나의 아버지라고 했다.

그저께 산 너머 도축장에 취재진이 단속 공무원을 동반해 개들을 모조리 쓸어갔다는 소식을 전해 들은 아버지는 위로 삼아 소주 몇 병을 챙겨 형과 함께 그 집으로 향했다.

나는 담요 위에 엎드려 책을 읽고 있었다. 6시쯤 되었을까. 밖이 어둑해졌을 무렵 용식이와 용팔이가 밤하늘을 물어뜯을 기세로 짖어대기 시작한다. 반쯤 졸고 있던 나는 자리에서 일어선다. 불길한 예감이 든다.

"착하지, 괜찮아."

"재네는 밖으로 좀 유인을 해두는 게 좋을 거 같은데."

누군가가 달리기 시작한다. 용식이와 용팔이의 짖음이 멀어진다. 하지만 내 귀엔 이명처럼 울림이 남아 있다. 철창을 삐걱거리며 여는 소리가 들린다.

"어머, 어쩜 좋아. 재 상처 좀 봐."

나는 방문 손잡이를 잡고 심호흡을 한다. 크게 눈을 떴다 감는다.

막대기에 달린 둥근 테를 개 목에 걸어 한 마리씩 철창 안에서 빼내고 있던 취재진이 흠칫 놀라 내 쪽을 바라본다. 낯익은 동네 공무원 최 씨가 나더러 가만히 있으라는 손짓을 해 보인다. 공으로 개고기를 대접받던 인간까지 따라올 줄은 몰랐다. 나는 마당 구석에 할머니가 지팡이로 쓰곤 하던 마른 나무를 집어 든다. 뒷마당으로 돌아가 작업실 뒤편의 기름통에 지팡이를 반쯤 집어넣는다. 라이터로 젖은 나무 끝에 불을 붙이자 나무는 목마른 사람이 물 들이켜듯 허겁지겁 불을 제 몸 안으로 끌어당긴다. 나는 불타는 나무 지팡이를 취재진들을 향해 들이민다. 불씨가 튀었는지 그들 중 누군가가 욕설을 내뱉는다. 나는 더 앞으로 나아가 세차게 불을 휘두른다.

"철수해야겠는데요."

"정수야! 나서지 말라니까, 참."

공무원 최 씨는 혀를 차면서도 재빨리 뒷걸음질을 친다.

"개들은 다 챙겼죠? 그럼 됐어요. 우리 나가요, 얼른."

그들은 허둥지둥 열린 대문 밖으로 달음박질친다. 차 바퀴 굴러가는 소리가 완전히 사라지고 나서야 나는 반 토막 남은 나무를 수돗가에 던지고 물을 틀어 불을 끈다.

철창문이 열린 채 바람에 삐걱인다. 끅끅거리는 엄마의 흐느낌이 들려온다. 나는 열린 철창문을 잠그고 할머니 방에 들어가 음식이 거의 그대로 남은 밥상을 들고 나온다.

"정수야."

"예."

"그렇게 하는 거다."

할머니가 나를 향해 미소 짓는다.

용식이와 용팔이는 집을 나가 돌아오지 않았다. 길을 잃을 일은 없는 놈들인데 어째서인지 시간이 한참 지나도록 돌아올 기미를 보이지 않는다.

자정이 넘어 돌아온 아버지와 형은 만취가 되어 방에 들어가자마자 사지를 뻗고 잠들었다. 보일러가 고장 난 바닥은 냉

골이었으나 나는 저녁의 불기운이 자꾸 속에서 치미는 것 같아 방문을 열어두었다.

일요일 오전, 나는 할머니와 함께 밥상을 마주하고 앉아 있었다.

"개들 다 어디 갔어?"

개 밥그릇이 날아가 담벼락에 부딪히는 소리.

"용식이랑 용팔이는? 개새끼들 뺏기고 벌금까지 내게 만들어? 이거 사람 돌게 만드네."

무언가가 깨진다.

"야, 이 씨발년아. 너 개 하나 지키는 게 그렇게 어려워? 그것들 얼마 주고 데려온 건지 알기나 해? 니 몸값보다 비싸."

엄마가 에구구 비명을 지르며 마당에 나동그라지는 소리. 잡아 뜯긴 머리카락이 아프다며 울부짖는다.

"안 닥쳐? 좆 빠지게 일해서 처먹여놓으니까 아주 살림을 거덜내고 앉았네."

대문을 열고 나가 용식이와 용팔이를 찾던 형이 씩씩거리며 돌아온다.

"없는데요."

아버지가 개집을 집어 들어 자빠진 엄마의 등을 내리친다.

"미쳤으면 나가 뒈져, 이년아!"

밥 수저를 놓은 나는 할머니의 어깨를 주무른다. 앙상한 팔뚝과 팔목, 손가락의 뼈마디를 조심스럽게 문지른다.

아버지의 구타는 한 시간 넘게 지속되었다. 울며불며 매달리던 엄마도 지쳐서 꺽꺽거린다. 아버지가 무언가를 들고 나왔는지 형이 마지못해 말리는 소리가 들려온다.

"엄마 좀 꺼져 있어."

엉금엉금 기어가는지 흙바닥 위로 몸이 쓸리는 소리. 분을 못 이긴 아버지가 무언가를 잇달아 날카로운 것으로 찌르고 또 찌른다.

밥상의 식은 음식 위로 날파리들이 날아다닌다. 나는 손을 휘저어 날파리들을 쫓아낸다. 식사는 한참 전에 마쳤지만 할머니의 곁에 붙어 꼼짝하지 않는다. 할머니는 아무 말도 하지 않는다. 이미 20분쯤 전 밥 수저를 손에서 떨어뜨린 할머니는 앉은 채로 눈을 뜨고 숨을 거두었다. 소란이 끝났을 때서야 나는 일어서서 방문을 연다.

"아버지."

아버지와 형이 동시에 나를 돌아본다.

엄마는 갈비뼈가 부러진 채로 할머니 상을 치렀다. 할머니는 할아버지 곁에 묻혔다. 아버지는 어디선가 흰 풍산개 두 마리를 새로 데려왔다. 용식이와 용팔이보다 크고 사나운 놈들이었다. 형은 아버지 대신 새로 개들을 사오느라 벌써부터 바쁘다. 아버지는 드럼통에 불을 피우고 할머니의 옷가지들을 태운다. 그러나 생전에 할머니가 손도 못 대게 했던 사과 박스 크기의 오동나무 서랍은 할머니가 죽은 뒤에도 누구 하나 선뜻 손댈 엄두를 내지 못한다.

가족들이 옷을 태우는 동안 나는 서랍을 열었다. 시조집 몇 권과 낡은 비단 주머니에 든 금반지 한 개, 옥으로 만든 비녀가 전부다. 금반지와 옥비녀를 주머니 깊숙이 찔러 넣고 시조집을 챙겨 자리에서 일어서는 순간 무언가가 책장 사이에서 투둑 떨어진다. 석 장의 흑백사진이다. 한 장은 계곡 앞에 나란히 서서 찍은 할아버지와 할머니의 젊을 적 사진. 다른 한 장은 벌거벗고 찍은 나의 갓난이 시절 사진. 그리고 마지막으로 집어 든 사진을 나는 유심히 들여다보았다.

그 안에는 널찍한 판자 위에 배가 갈라진 채 네 다리를 허공을 향해 쳐든 돼지 앞에서 땀을 닦고 있는 할아버지의 모습이 찍혀 있었다. 앞치마를 입고 칼을 든 할아버지 뒤편으로는 고깃덩이가 된 돼지들이 걸려 있었다. 흙바닥에 검은 핏물이 그림자처럼 고여 있었다. 땀을 닦느라 한쪽 눈을 찡그린 할아버지의 얼굴엔 개를 잡고 난 뒤 후련해하는 아버지의 표정이 담겨 있다.

"더 버릴 거 있으면 얼른 가지고 나와라."

아버지가 나를 향해 소리친다. 나는 내 사진과 두 분이 사이좋게 찍힌 사진을 빼서 바지 뒷주머니에 넣고 나머지 한 장은 시조집 사이에 끼워 넣는다.

"이게 전부디?"

"그러네요."

나는 불씨가 올라오는 양동이 속으로 시조집을 던져 넣었다.

"저놈들 이름은 뭐라고 하실 거예요?"

불길에 한 발짝 물러난 채 나는 풍산개를 향해 턱짓했다. 아버지는 불길에 타닥타닥 타들어가는 시조집을 내려다보다가 혼잣말처럼 중얼거린다.

"용식이 용팔이지, 뭐."

던전

성을 갖고 싶다. 엉덩이처럼 둥근 곡선의 황금빛 지붕, 석양 무렵이면 비상하는 새 떼처럼 빛을 내뿜는 수백 개의 유리창, 청록의 등딱지에 나의 이름을 새겨놓은 거북들이 느리게 헤엄치는 넓은 호수가 있는 성.

자장면 세 그릇과 잡탕밥 한 그릇이 배달된다. 재욱이 형이 실실거리며 잡탕밥을 집어 간다. 그는 새우와 건해삼이 먹음직스럽게 뒤섞인 밥을 비비며 다른 손으로는 부지런히 마우스를 움직인다. 중화반점의 자장면 면발은 오늘도 누군가가 입안에서 불렸다가 뱉어놓은 것처럼 퉁퉁 불었다. 얼마 전에 단무지를 갖고 오지 않았다고 배달하는 새끼를 다시 돌려보낸 뒤로 자장면이 계속 이 모양이다. 윤기 흐르는 밥알을 쉼 없이 입으로 밀어 넣는 재욱이 형을 보자 혀끝에서 욕지거리가 가래처럼 덩어리진다.

그가 잡탕밥을 얻어먹는 것은, 어제 새벽에 희귀 아이템을 주웠기 때문이다. 마의 숲에서 적군을 처치하고 획득한 전투력 8백 급의 무기 아이템이다. 형과 일대일로 맞선 적군은 비싼 아이템만 치렁치렁 보유했을 뿐 정작 실력은 볼품없는 '봉'이었다. 재욱이 형은 아이템을 줍고 흥분한 채로 밤새 컴퓨터 앞에 앉아 게임을 돌렸다. 매니저 형이 그에게 박카스 두 병을 사다주었다. 매니저 형은 그의 어깨를 두드리며 나를 흘끗 쳐다보았다. 생존경쟁의 치열함은 게임과 현실이 별반 다르지 않다. 같은 레벨에 있던 누군가 한 단계 높아지면 나머지는 상대적으로 두 단계쯤 도태된 듯 평가되는 시선 또한 비슷하다.

나는 적군 부대의 하급 군사들을 죽이며 전진한다. 한 놈을 죽임으로써 얻는 것은 고작 30코인이다. 게임 속에서의 천 코인을 현금으로 환산하면 백 원이다. 하루 평균 열여덟 시간 남짓 게임을 진행시켜 얻는 코인은 3, 40만 코인이다. 강물이 흘러 바다로 모이듯, 현금으로 거래된 코인과 아이템은 전부 매니저 형의 통장으로 입금된다. 모니터의 오른편에는 내가 속한 왕국의 지도가 펼쳐져 있다. 습진처럼 붉게 번져 있는 적군 부대를 보자 척추 뿌리가 녹아내릴 듯 피로가 몰려온다. 어젯밤 졸음에 취해 게임을 진행한 탓에 길드에서 가장 더럽게 취급받는 영역으로 투입되고 말았다. 이곳은 레벨 낮은 초짜들이 촛불로 뛰어드는 부나방처럼 막무가내 플레이를 하는 곳으로 유명하여, 게임 속 할렘가로 통하는 영역이다. 내 모니터를 들여다본 매니저가 뒤통수를 후려친다.

“새끼, 넌 그것밖에 못하냐?”

수압 약한 변기가 두꺼운 휴지 뭉치를 겨우 삼키듯, 나는 덜 씹은 자장면 면발을 힘겹게 목구멍으로 넘긴다.

물큰, 기분 나쁜 것이 밟힌다. 발바닥에 엉겨 붙은 것은 침에 범벅이 된 담배꽁초이다. 베트남에서 온 장은 늘 담배꽁초를 바닥에 흘린다. 급할 땐 침도 방바닥에 뱉는다. 좁은 방 안에 담배 연기가 기류처럼 잠식해 있다. 탁한 공기 속에 놓인 최신형 컴퓨터 네 대가 날카롭고 화려한 파장을 뿜으며 돌아간다. 각각의 컴퓨터 앞에는 나와 재욱이 형을 비롯하여 베트남 불법체류자 두 명이 앉아 있다. 담배 한 개비와 라이터를 들고 방을 나선다. 방문을 열면, 고무 슬리퍼가 뒹구는 좁은 복도를 마주하고 매니저 형과 그의 애인이 함께 쓰는 방이 있다. 낮은 촉수의 전구가 흔들리는 복도는 날씨와 관계없이 늘 물에 젖은 시멘트 냄새로 가득 차 있다.

변기 위에 쭈그리고 앉아, 송곳니로 입술을 깨문다. 어쩐지 재욱이 형이 들어온 뒤로는 영 게임에 재수가 안 붙는다. 왼쪽 약지 손가락이 없는 그는 네 손가락을 지네 발처럼 놀리며 무섭도록 빠른 플레이를 구사한다. 외골수 기질도 다분하여 폐가나 창고, 성 외곽의 하찮은 풀숲까지도 샅샅이 뒤지며 적군을 찾아낸다. 그는 들어온 지 한 달 만에 잡탕밥을 세 번이나 얻어먹고 매니저 형의 애인이 만든 아귀찜까지 대접받았다. 나도 한때는 초봉 50만 원에서 70만 원까지 수당을 올려 베트남인들에게 부러움을 샀었다. 물론 아이템을 잘 줍거나 적군 부대를 해치워 코인을 많이 축적한 달에는 보너스 수당도 나왔다. 그런데 재욱이 형이 들어온 뒤로 상황이 달라진 것이다.

입술에서 피냄새가 올라온다. 남의 반지를 주워 삼킨 거지의 아가리를 잡아 벌리듯 온정신을 항문에 집중하고 괄약근을 벌리기 위해 힘을 쏟아붓는다. 항문에 몰린 신경이 날카로운 철사처럼 여러 가닥으로 팽팽하게 튀어 올라 깊숙한 통증을 남긴다. 변기 속에는 굳은 똥과 함께 붉은 핏물이 번져 있다. 일을 시작하고부터 변비와 치질은 고질병이 되었다. 나는 손끝에 침을 묻혀 관장약의 껍질을 벗기고 항문에 밀어 넣는다. 길쭉한 약 덩어리가 괄약근 속으로 쑤욱 빨려 들어간 뒤 아랫배에 알싸하게 고이기 시작하는 통증이 수치스럽다. 치핵이 부어오른 자리에 바둑알이 박힌 듯한 이물감이 느껴진다.

화장실 벽에 붙은 거울을 들여다본다. 콧구멍 두 개가 유독 돋보이는 얼굴. 강낭콩 모양의 콧구멍이 싹을 틔우고 줄기를 뻗어 무수한 열매들을 맺는 상상을 한다. 열매들은 전부 고급 아이템이 될 것이다. 누군가 화장실 문을 두드린다. 매니저 형의 애인이다. 예의 그렇듯 목이 늘어난 긴 티셔츠에 팬티 차림이다. 그녀의 티셔츠 위로는 도톰한 젖꼭지가 불거져 있다. 나는 도망치듯 복도로 나온다. 얼굴을 파묻으면 질식해버릴 듯 풍만하게 부푼 유방과 엉덩이를 가진 그녀는 내가 꿈꾸는 최상의 보상이다.

"가슴 큰 여자 좋아해?"

이 계집애가 또 수작을 부린다. 몸에 꽉 맞는 셔츠를 입은 모양새가 코끼리 같다. 셔츠 위로 도드라진 계집애의 젖가슴은 묽은 점토가 두 사발씩 흘러내리다 멈춘 것처럼 쳐져 있다. 계집애는 복도 맨 끝 방에서 혼자 산다. 조금 모자란 구석이 있는 계집애를 예순이 넘은 집주인 남자가 양딸로 들여왔다고 한다. 낮에는 주인 남자의 가게 일을 돕고 밤에는 자정이 넘도록 볼륨을 잔뜩 키운 라디오를 듣는다. 나와 마주치면 그 큰 젖가슴을 흔들며 웃어댄다. 가끔은 몰래 뒤에서 다가와 제 몸을 내 살갗에 슬쩍 문지르기도 한다. 내가 주먹을 쳐들어 보이면 과장된 비명과 함께 살을 출렁거리며 방 안으로 도망친다. 그러고는 뒤따라오기를 기다리기라도 하는 듯 돌아보며 히죽, 약을 올린다. 그쯤 되어 그 애의 훤히 드러난 누런 이를 보면 나는 이유 없이 우울해져서 돌아서고 만다.

게임 속에는 나를 추종하는 무리들이 있다. 나는 귀족 출신의 장교가 무색하지 않을 만큼 리더십 레벨이 매우 높다. 그들은 내 부대 안의 군사로 활동하며 나의 지시대로 움직인다. 내 캐릭터의 외관 중에 가장 마음에 드는 부분은 각진 턱을 뒤덮은 갈색 턱수염이다. 나는 흘러내리는 안경을 추켜올리며 마우스를 잡는다. 방심하고 있는 적진을 향해 돌진한다. 스피커에서는 연신 농익은 열매가 밟혀 터지는 듯한 소리가 흘러나온다. 전투력 높은 철검이 적군의 목과 심장을 베어내는 효과음이다. 적군이 피 묻은 신음을 뱉어내며 흙바닥 위로 쓰러지는 둔탁한 소리 또한 일품이다.

"재욱아, 너 콜라 마실래?"

매니저 형이 방문을 밀고 들어오며 큰 소리로 묻는다. 트렁크 팬티 아래로 드러난 굵은 장딴지의 무수한 털. 유독 시커멓고 구불구불한 털은 갑각류의 껍질처럼 위협적으로 살갗을 뒤덮고 있다. 매니저 형은 우리들을 좀처럼 외부로 내보내지 않는다. 특히나 베트남인들에게는 억지스러운 계약서를 작성하게 하여 허락 없이 외출할 시에는 월급을 차감한다는 조건을 걸어두었다. 매니저 형은 보란 듯이 재욱이 형에게 콜라 병을 건넨다. 페트병에 반밖에 남지 않은 김 빠진 콜라를 받아 든 그는 단숨에 그것을 들이켠다. 묵은 콜라의 단내가 풍긴다. 그 냄새가 마치 신음을 내지르며 쓰러진 적군의 피비린내, 혹은 음습한 풀숲의 냄새 같아 속이 거북해진다.

"씨발놈아 뭘 봐?"

부러운 듯 쳐다보는 장을 향해 재욱이 형이 눈을 부라리며 다그친다. 요즘 들어 그는 매니저 형의 직속 부하처럼 군다. 나는 무기 아이템을 칼에서 총으로 교체한다. 달—깍, 총알을 장전하는 소리가 고막을 자극한다.

나는 어릴 적부터 키가 작고 마른 체구였다. 아버지는 잔병치레가 많고 허약한 나를 머저리 취급했다. 아버지와 함께 공장에서 일하는 큰형은 곧잘 나를 구타했다. 나는 고등학교 졸업을 몇 달 남겨두고 집을 나왔다. 나와는 띠동갑인 새엄마가 툇마루에서 개와 함께 놀고 있다가 대문을 나서는 나를 흘끗 쳐다보았다.

곱창가게에 취직해 종일 양념곱창과 소금구이곱창을 구웠다. 아침에는 꼬불꼬불한 라면을 먹고 낮에는 쭈글쭈글한 곱창을 구웠으며 밤에는 구불구불한 골목길을 올랐다. 한 달 남짓 지났을 때 쪽방을 얻어 같이 살던 가게 형이 내 아르바이트 급여와 그 달 치 방세를 들고 달아났다. 안경에 낀 기름때를 닦으며 울었다. 나는 원래 잘 우는 편이었다. 몇 명 되지 않는 친구들을 찾아갔지만 다들 노골적으로 귀찮아하는 기색을 감추지 않았다. 그중에 그나마 인심이 좋았던 한 녀석은 처량하다는 눈빛으로 나를 쳐다보며 만 원짜리 두 장을 찔러주었다. 2만 원을 들고 피시방으로 향했다. 누군가 피시방을 피—쉬방 즉, 물고기 방이라고 했더랬지. 가게의 잘 닦인 타일 바닥은 물비늘처럼 빛났다. 움츠러든 심장 속에서 새싹처럼 얇고 푸른 지느러미들이 돋아나기 시작했다. 그러나 그것도 잠시, 한창 게임을 진행 중이던 모니터에서 눈을 떼고 주위를 둘러보면 침침한 조명에 시야가 흐릿해졌다. 회칼 아래서 제 살이 베어 나가는지도 모르며 누워 있는 생선처럼 나는 문득 공허해졌다. 2만 원어치를 훌쩍 넘어선 시간의 금액이 속수무책으로 불어나고 있었다.

아르바이트생의 눈을 피해 도주하려다가 잡혀 뺨을 얻어맞았다. 나 같은 도둑놈 새끼는 사회의 쓰레기라고 했다. 나는 점퍼 주머니에 손을 찔러 넣은 채 입안에 공기를 넣어 얼얼한 뺨을 부풀렸다.

"돈 여깄다."

그때 카운터 위로 누군가가 만 원짜리 지폐를 올려놓았다. 골격이 단단해 보이는 털 많은 남자는 내게 자장면을 사주며 일거리를 제안했다. 숙식 가능하며 종일 게임만 돌리면 된다는 것. 더할 나위 없이 만족스러운 조건이었다.

군용 모포를 걷어낸다. 설태가 낀 혓바닥 때문에 입속이 영 껄끄럽다. 재욱이 형은 눈가가 거무스름해진 채로 여태 게임에 열중하고 있다. 그의 번들거리는 흰자위 위로 모니터 불빛이 유령처럼 비친다. 또 날밤을 샌 모양이다. 벌써 사흘째다. 이따금씩 꾸벅꾸벅 졸 때에도 모니터 앞을 떠나지 않는다.

나는 칫솔을 입에 물고 방을 나와 슬리퍼를 끌며 복도를 지난다. 젖가슴이 큰 계집애의 방에서 집주인이 나온다. 그는 나를 위아래로 훑으며 물 좀 아껴 쓸 수 없느냐고 핀잔한다. 빌어먹을 노인네다. 열린 방문 틈으로 이불 더미 사이에서 알몸으로 잠든 계집애가 얼핏 보인다. 꼴 보기 사나워 발끝으로 방문을 밀어버렸다.

"그걸 지금 게임이라고 하고 자빠졌냐?"

재욱이 형이 베트남인 둘의 모니터를 번갈아 들여다보며 혀를 찬다. 베트남인들은 알아듣지 못할 말로 저들끼리 짤막하게 대화를 나눈다. 그는 이내 몸을 돌려 내 어깨 뒤편에 선다. 시큼하고 구릿한 땀냄새가 풍긴다. 밀폐된 공간에서 수분을 빼앗기고 쪼그라든 영혼의 냄새.

"야, 너는 좀 침착하게 플레이해라. 아주 삽질을 하고 앉았네."

나는 마우스를 힘주어 움켜쥔다. 그가 매니저 형의 관심을 얻고 있는 동안에는 맞부딪쳐서 좋을 것이 없다. 재욱이 형은 방 안을 거닐며 작업 중인 죄수들을 감시하는 수사관처럼 담배를 피운다. 여기로 들어오기 전에 그는 식기 도구를 생산하는 공장에서 일했다고 한다. 불량품이 많이 나왔다고 윽박지르는 팀장의 어깨에 돈가스용 나이프를 내리찍고 도망 나왔다고 했다. 그는 매니저 형 앞에서는 제 코라도 베어줄 듯 아부하고 매니저 형이 없는 자리에서는 무식한 게 돈맛만 아는 놈이라며 코웃음을 친다. 재욱이 형이 화장실에 간 사이 나는 그가 진행하던 게임을 들여다본다. 적잖게 쌓인 코인과 현찰로도 꽤 값비싸게 거래되는 고급 아이템들. 그의 닉네임은 '무쇠남자'다.

갈래갈래 찢어진 볕이 눈을 찌른다. 밖으로 나오자 갑자기 넓어진 공간에 잠시 불안해진다. 초여름의 하늘 아래 드러난 피부의 색소가 일제히 증발하는 기분이다. 슈퍼에 들러 담배 두 보루와 인스턴트커피를 산다. 담배와 커피는 잠에 대한 욕구를 마비시킨다. 다량의 커피를 마신 날은 밤이 깊어갈수록 정신이 맑아져서 온몸의 감각이 극도로 예민해졌다.

매니저 형의 애인에게 거스름돈과 함께 담배와 커피를 내민다. 담배와 커피는 모두들 그녀에게 배급받아 쓴다. 홀로 방 가운데 누워 텔레비전을 보고 있던 그녀는 커피 봉지를 뜯어 냄새를 들이마신다. 매니저 형의 것으로 보이는 헐렁한 트렁크 팬티 아래로 희고 가느다란 허벅지가 눈에 들어온다. 그녀의 허벅지 위에 누우면 흰 거품이 포말처럼 밀려드는 우윳빛 꿈을 꿀 수 있을 것만 같다. 팬티 사이로 한 줌의 그늘이 슬쩍 비친다. 그녀는 자신이 한때 룸살롱에서 잘나가는 에이스였다고 말하지만, 언젠가 만취해 다방에서 도망쳐 나오기까지의 험난한 과정을 늘어놓으며 울어대는 것을 본 적이 있다. 재욱이 형은 그런 그녀를 천박하고 개념 없는 년이라고 몰래 헐뜯곤 한다. 그녀가 내 엉덩이를 툭툭 두드리며 그만 가보라고 말한다. 자극적인 손길에 나는 이미 오래전 퇴화한 꼬리뼈라도 뽑아내어 강아지처럼 흔들어 보이고 싶은 심정이었다. 그러나 고개만 대충 숙여 보인다.

나는 애타게 갈망하던 것을 마주하거나 얻게 되면 정작 마음 놓고 즐기기는커녕 겁부터 집어먹는 편이다. 어릴 때부터 그래왔다. 몇 달 동안 돈을 모아 미니 카를 겨우 구입하고 나서는 기껏해야 인적이 드문 뒷골목에 들고 가서 작동시키거나 책가방에 숨기고 다니며 혼자 만족하는 것이 전부였다. 미니 카를 꺼내 보이면 모두들 꼴에 어울리지 않는 걸 갖고 다닌다며 비웃을 게 분명하다는 생각이 들었다. 미니 카가 고장이 나면, 그제야 비로소 내 것이 된 것 같아 안심이 되었다. 어느 한 부분이 결핍된 것, 그 빈자리에 내가 들어감으로써 그것은 온전한 나의 소유가 되는 것이었다.

방문을 열고 나오자 계집애가 복도에 선 채로 나를 노려보고 있다. 수술용 장갑처럼 꽉 들어맞는 고무장갑을 낀 손에는 걸레가 들려 있다. 붉게 상기된 얼굴이 금방이라도 울음을 터뜨릴 듯 일그러진다. 굳게 다문 채 비죽거리는 입술 아래 몇 겹으로 접힌 턱살이 보인다.

월급이 배분되었다. 예상대로 가장 많은 보너스를 얻은 것은 재욱이 형이다. 나는 70만 원의 기존 금액에서 변동이 없다. 커피를 더 진하게 타 마신다. 방 구석구석에서 곰팡이 냄새가 피어오른다. 실내 공기가 유난히 무겁다 싶더니 저녁 무렵부터 부슬비가 내리기 시작했다. 누군가 방문을 두드린다. 재욱이 형이 손잡이를 잡아당기자 계집애의 모습이 드러난다. 그 애는 내게 신문지로 싼 두툼한 것을 내민다. 신문지 곳곳에 기름이 배어 양면의 활자가 얽혀 있다. 안에 든 건 식은 부침개 한 장이다. 계집애가 방을 나가며 손을 흔들어 보인다. 팔뚝 아래로 양 젖가슴이 서로 맞부딪친다. 재욱이 형이 부침개를 찢어 입에 넣으며 자동차의 에어백 대신 저 계집애의 엉덩이를 갖다 쓰면 부상자가 생길 일은 없을 것이라고 히죽거리며 말한다. 나는 잠자코 큼직한 부침개 조각을 입안에 밀어 넣는다. 재욱이 형은 작작 좀 처먹으라고, 매니저 형의 흉내를 내며 내 뒤통수를 후려친다.

인터넷 포털 사이트에 올라온 기상예보를 본다. 일주일간 비가 오고 흐린 날씨를 반복한 뒤 본격적인 더위가 시작될 것이라고 한다. 컴퓨터 본체가 뿜어내는 뜨거운 열기와 지열, 모기가 극성을 부릴 방을 떠올리자 벌써부터 몸이 화끈거린다.

복도가 시끄럽다. 매니저 형이 흥건히 취해 애인과 실랑이를 벌이고 있다. 형은 막걸리 냄새를 토해내며 다시 밖으로 나가려 하고 그녀는 돈 봉투를 내려놓고 나가라고 옷자락을 끌어당기며 악을 쓴다. 매니저 형이 끝내 애인의 옆구리를 걷어차 쓰러뜨리고는 걸쭉한 목소리로 노래를 흥얼거리며 복도를 빠져나간다.

나는 눈을 문지르며 모니터 앞에 엎드린다. 모니터 옆에는 라이터와 페트병이 놓여 있다. 재떨이로 쓰이는 페트병 안에는 담배꽁초들이 가득 쌓여 있다. 불을 끄기 위해 담아둔 물은 니코틴을 흡수하여 누런 액체로 변색되었다. 꽁초들의 무덤은 바닷가 방파제를 연상시킨다. 그러고 보니 탁한 니코틴 용액 사이로 얼핏 심해어의 암녹색 아가미가 벌렁거리고 있는 듯도 하다. 방파제 위에 올라서서 바다낚시를 하는 기분은 어떨까. 무수한 도트로 이루어진 그래픽 아이템이 아닌 실제 숨 쉬는 물고기를 획득하게 되면 나는 스스로가 살아 있다는 사실을 실감할 수 있을까.

잠에서 깨어났을 때는 새벽 2시가 넘은 시각이었다. 뒷목과 허리가 뻣뻣하다. 베트남인들은 모포 속에서 몸을 둥글게 말고 잠들어 있다. 재욱이 형이 보이지 않는다. 요의를 느끼고 복도로 나온다. 걸음을 떼려다가 멈칫한다. 맞은편 방에서 부산한 기척이 들려온다. 나는 방문 가까이 귀를 갖다 댄다. 이불이 사각거리며 스치는 소리, 끈적이는 것이 장판에 들러붙었다 떨어지는 마찰음, 고사리처럼 오그라드는 여자의 콧소리. 나는 숨이 뜨겁게 데워지는 것을 느끼며 문에 더욱 바짝 다가선다.

"돌아봐. 아니 그렇게 말고, 응 그렇지. 좋아? 그 짐승 같은 새끼보단 내가 낫지?"

이어 키들거리는 여자의 웃음.

가쁘게 몰아쉬는 숨소리에 섞인 톤이 낮고 가느다란 목소리는 재욱이 형이었다.

라디오가 발에 차여 나뒹군다. 부러진 부분을 테이프로 둘둘 말아 높이 돋아놓은 안테나가 꺾이자 주파수가 엉키며 지직거리는 잡음이 흘러나온다. 계집애의 살은 뜨겁다. 내가 방문을 열고 달려들었을 때 계집애는 놀란 듯 눈을 껌벅였으나 어쩐지 저항하지 않았다. 나는 오줌 때가 누렇게 말라붙은 팬티를 벗어던졌다. 계집애의 속옷은 내 것의 두 배 크기였다. 여자의 맨살을 만져보는 것은 처음이다. 나는 계집애의 살 위에서 자꾸만 미끄러진다. 그 애의 푹신하고 부드러운 살이 나를 다독이듯 감쌀 때마다 나는 더욱 거칠게 몸을 짓누른다. 가슴과 뱃살은 김이 피어나는 찰떡 같아, 손이 가는 대로 살 속에 파묻힌다. 이윽고 내 콧잔등을 타고 내린 땀방울이 계집애의 왼쪽 눈꺼풀 위로 떨어졌을 때 나는 제풀에 소스라치게 놀라 나가떨어졌다. 라디오에서 지우개로 지운 듯 불온한 음색의 발라드 음악이 들려온다. 치핵에서 지독한 통증이 느껴진다. 계집애가 내 팔뚝에 손가락으로 낙서하는 흉내를 낸다. 목구멍이 뜨겁게 조여오는 것 같다. 나도 모르게 눈물이 비질비질 새어 나온다. 계집애가 놀란 듯 쳐다보더니 내 얼굴을 쿡쿡 찌른다. 등을 쓸어내리는 계집애의 손길 아래서 콧물을 들이마신다. 나는 자리에서 벌떡 일어선다. 옷가지를 대충 입고 고꾸라질 뻔하며 방을 빠져나온다.

성은 게임 속에서 가장 고지에 있는 아이템이다. 국내외에서 현금가 3천만 원 선에 거래되는 고가의 것이기도 하지만 성을 장악한 플레이어는 곧 게임 전체를 좌지우지할 수 있는 권력을 갖게 된다. 게임 내 희귀한 공격 무기가 쌓인 창고를 획득하고 전장에서 잡은 포로들에 대해 사살 명령, 서버의 유저들에게 보상을 주고 국가의 영토를 확장할 수 있는 황무지 개척 공사까지 시도할 수 있다. 그래픽이 뛰어난 게임 속에서도 성은 그 어떤 화면보다 아름답게 디자인되어 있다. 미로 같은 구조의 수많은 방들과 무기 저장고, NPC 부하들과 근위병이 대기하는 성. 게임을 진행하는 모든 플레이어들은 왕의 존재를 의식하며 움직인다. 나 또한 게임의 흐름을 확인하기 위해 수시로 왕의 현황이나 발언 등을 확인한다. 물론 성을 점령하기 위한 무수한 쟁탈전 때문에 왕은 수시로 바뀐다. 현금가로 성을 매입한 플레이어가 그 성을 팔았던 플레이어에게 바로 다음 날 공격당하는 바람에 3천만 원을 고스란히 날렸다는 일화도 있을 정도다. 성은 모든 플레이어들의 최종 목적지다.

재욱이 형은 나날이 게임 실력이 늘어간다. 매니저 형이 자리를 비운 사이 몰래 그의 방에 숨어드는 횟수도 잦아진 눈치이다. 나는 그날 이후 계집애를 일부러 외면하고 있다. 오직 게임에만 몰두한다.

어느새엔가 키보드 앞에 엎드려 누운 채 깊은 잠에 빠져 있었다. 시간 감각이 아득히 지워진 잠이었다. 수면의 유리판을 망치로 내리치듯 나를 깨워낸 것은 베트남인들의 시끄러운 말소리였다. 당최 알아먹지 못할 대화를 들으며 잠에서 깨어나자, 마치 낯선 타국의 낡은 기차간 구석에 쭈그리고 있던 것 같은 착각이 들었다. 그들은 방문 밖으로 몸을 내민 채 복도를 내다보고 있다. 복도에서 다투는 소리가 들려온다. 나는 모니터 앞에 앉아 마우스를 움직인다.

"아니 문 열고 오줌 싼 게 누군데 그래?"

베트남인들을 밀치고 복도로 나간다. 화장실 앞에 몇 사람이 모여 있다. 손목에 눈을 묻고 울고 있는 계집애와 재욱이 형, 집주인을 비롯한 사람들이다. 재욱이 형은 계집애를 한 대 갈기기라도 할 기세로 삿대질을 해댄다. 그가 화장실을 가려고 문을 잡아당겼는데 계집애가 안에서 오줌을 싸고 있었다, 그래서 몇 마디했더니만 계집애가 빨랫비누를 재욱이 형의 얼굴에 던지는 등 지랄을 했다는 것이었다. 화장실 안은 양은 대야와 세면도구들이 흩어져 난장판이다. 계집애가 울던 눈으로 나를 쳐다본다. 나는 전구 불빛 밑에서 몇 걸음 벗어난다. 계집애는 다시 붉게 짓무른 눈가를 손목으로 누른 채 훌쩍인다. 재욱이 형이 손을 치켜들어 계집애를 때릴 듯한 시늉을 해 보이다가 그만두고는 열이 올라 덥다는 듯 윗옷을 펄럭거린다. 사태를 마무리 지은 것은 매니저 형이었다. 형은 요란하게 문을 걷어차고 방에서 나왔다. 시간이 곧 돈인 재욱이 형을 붙들어놓은 것이 심히 못마땅한 기색이었다. 매니저 형은 계집애 단속을 잘하라며 집주인을 협박하듯 을러댔다. 매니저는 계집애의 넙데데한 얼굴을 노려보며, 아무리 아랫도리에 땀띠가 날 지경이라 해도 저런 년의 빤스를 벗기려 할 놈이 어디 있겠느냐고 빈정거렸다. 뒤따라 나온 매니저 형의 애인도 형의 어깨 너머로 주위를 두리번거렸다. 그녀는 머리카락을 꼬며, 꼴에 여자라서 남자에게 수작 부릴 줄은 아는가보다고 비아냥댔다.

집주인이 계집애를 끌고 방으로 들어간 후, 모두들 싱겁게 끝난 상황이 객쩍은 듯 각자의 방으로 돌아간다. 나는 화장실로 들어간다. 계집애가 미처 물을 내리지 못한 변기 안에는 노란 오줌이 고여 있다. 바지를 내리고 그 위에 오줌을 눈다. 화장실 벽에는 푸른 호스가 제 꼬리를 물고 있는 뱀처럼 둥글게 말린 채 걸려 있다.

"너 그거 모르지?"

재욱이 형이 라이터로 책상 위를 두드리며 내게 말한다.

"그렇게 생긴 년들이 더 잘 쪼여준다고, 인마."

나는 아버지가 일하는 공장의 프레스 기계 밑에서 쏟아져 나오던, 희고 눈부신 식기들을 떠올린다. 미세한 날이 돋아 있는 나이프와 우아한 모양의 손잡이가 달린 뾰족한 포크.

요즘 들어 계집애의 모습이 보이지 않는다. 좀처럼 방에서 나오지 않는 모양이다. 굳게 닫힌 방문 앞을 지나친다. 오늘은 매니저 형을 따라 월중 행사로 목욕탕에 가는 날이다. 어깨 위로 내려앉은 비듬을 털며 주변 상가의 꼭대기 층에 위치한 사우나로 향한다.

나는 옷을 벗자마자 재빨리 목욕탕의 유리문을 열고 들어간다. 한증막 속의 모래시계를 뒤집어놓는다. 뜨거운 김이 온몸의 세포를 삶은 콩처럼 익히기 시작한다. 몸이 데워지는 속도에 비례하여 머릿속은 갓 캐낸 원석의 온도로 차가워진다. 벽에 몸을 기댄 채 눈을 감는다.

살갗이 한 겹씩 흐물흐물 녹아내려 이윽고 한 덩어리의 젤리가 된다. 나는 아메바처럼 바닥을 기어 목욕탕을 빠져나온다. 엘리베이터 바닥에 몸을 누이고 물처럼 질펀하게 퍼져 있다가 1층에 다다르자 보도블록 위로 미끄러진다. 차바퀴에 눌리면 바퀴 자국을 안고, 어린아이들의 발에 밟히면 발자국을 묻힌 채로 쉴 새 없이 나아간다. 움직일 때마다 온몸에서는 작은 물결이 일어난다. 점점 뜨거워지는 볕 아래서 물컹한 몸은 조금씩 증발하고, 종내에는 먹다 흘린 한 줄기 당면처럼 얇게 비틀어진 살점만 남는다.

"그러다 죽겠다, 너."

매니저 형이 내 뺨을 두드린다. 눈을 뜨자 시야가 하얗게 부서진다. 나는 비틀거리며 한증막을 나와 냉탕 속에 몸을 담근다.

매니저 형은 거울 앞에서 두 다리를 벌린 채 선풍기 바람을 쐰다. 재욱이 형이 음료수 캔을 따 매니저 형에게 건넨다. 나는 아직 물기를 머금은 몸으로 옷가지를 꿰어 입는다. 전자 체중계 위에 올라선다. 빠르게 오르내리던 숫자가 48킬로그램에서 머무른다. 선풍기 바람에 겨드랑이 털을 말리던 매니저 형이 나를 밀치고 올라선다. 89킬로그램. 그의 굵은 발가락 끝에 박힌 두껍고 단단한 발톱들을 내려다보다가 슬그머니 시선을 옮긴다.

소머리국밥에 밥을 두 그릇째 말아 먹는다. 재욱이 형은 이쑤시개를 문 채로 신기하다는 듯 나를 쳐다본다. 밥을 가득 퍼 올린 숟가락 위로 깍두기와 콩나물무침을 얹어 부지런히 씹는다. 밥이 나를 삼키는지 내가 밥을 삼키는 건지 혼란스러워질 때쯤, 매니저 형이 그만 가자며 자리를 털고 일어선다.

변기 속에 고개를 처박는다. 먹었던 것을 전부 게워낸다. 입 안을 헹구고 밖으로 나오자, 방문 틈으로 계집애와 눈이 마주친다. 열어젖힌 방문 너머로 계집애의 방을 제대로 들여다본다. 살림살이가 없는 방은 물이 빠진 수족관 같다. 벽지 위로 곰팡이가 이끼처럼 번져 있다. 계집애의 머리통이 이상하다. 가까이서 들여다보니 머리칼이 뽑힌 자리에 동전만 한 크기로 붉게 피 맺힌 두피가 드러나 있다. 계집애는 잔뜩 부풀어 올라서 두꺼비처럼 보이는 눈두덩과 입술로 웃는다. 그 애가 편히

거동하지 못한 것은 발등 때문이었다. 피가 말라붙고 시퍼렇게 멍든 발등을 제 딴에는 두루마리 휴지를 붕대 삼아 얼기설기 감아놓았다. 계집애의 어깨 너머로 구겨진 맥주 캔과 먹다 남은 통닭, 주인 남자의 길쭉한 양말이 보인다.

베트남인들이 도망쳤다. 그들은 재욱이 형이 자리를 비우고 내가 잠든 사이에 자신들이 사용하던 컴퓨터 본체를 들고 사라졌다. 불똥은 우리에게로 튀었다. 매니저 형의 애인은 분위기 파악을 못 하고 끼어들었다가 밀쳐져 문지방에 머리를 찧었다. 매니저 형은 곧 새 컴퓨터를 들여왔다. 코인과 아이템을 축적해둔 베트남인들의 아이디는 그대로였다. 매니저 형은 슬쩍 닿기만 해도 누런 고름을 뿜으며 터질 종기처럼 잔뜩 독이 올라 있었다. 그는 다시 새로운 플레이어들을 물색하러 다니기 시작했다.

요즘 들어 나는 잠을 많이 잔다. 재욱이 형은 내가 영양 부족인 것 같다고 한다.

"고마워."

생리대를 받아 든 매니저 형의 애인이 말한다. 거스름돈을 건네자 그냥 가지라며 턱짓을 해 보인다. 그녀는 가슴골이 깊게 파인 민소매 셔츠 차림으로 발가락에 매니큐어를 바른다. 매니큐어는 열대지방의 붉은 과일 색깔이다. 무르익은 과일의 향긋한 과육을 떠올릴수록 입안은 건조하게 말라간다. 그녀가 고개를 들어 나를 쳐다본다. 나는 가슴골 사이에 깊게 떨어져 있던 시선을 급히 거둬들인다. 그녀는 발가락 사이를 크게 벌린 채 슬그머니 다가온다. 장난과 조롱 섞인 눈빛이 내 이마를 천천히 훑는다. 좁은 실내에 고인 매니큐어 냄새에 뒷골이 당겨온다. 그녀가 티셔츠의 목 부분을 늘여 가슴골을 드러낸다.

"예쁘지?"

그녀가 웃자 눈꼬리에 새겨진 작은 흉터가 가늘게 접힌다. 나는 천천히 심호흡을 한다. 이윽고 후들거리는 다리로 돌아서자 등 뒤에서 짧게 코웃음 치는 소리와 함께 방문이 닫힌다. 복도는 적막하다. 나는 작업실 입구에 서서 제자리 뜀을 한다. 주머니 속의 동전이 짤랑거린다.

재욱이 형이 조심스레 의자에서 일어난다. 그는 발소리를 죽여 다가오더니 내 눈꺼풀 위로 손바닥을 몇 차례 흔들어 보인다. 이내 방문이 닫히고, 맞은편 방문 열리는 소리가 들려온다. 나는 슬그머니 눈을 뜬다. 덮고 있던 모포를 걷어내고 소리 나지 않게 재욱이 형의 자리에 앉는다. 모니터 속에서는 그의 캐릭터가 가쁜 숨을 몰아쉬며 휴식 중이다. 나는 마우스의 커서를 옮긴다. 코인과 아이템이 거래되는 상점으로 들어간다. 거래 상대의 아이디 칸에 '파란뱀'이라는 닉네임을 입력한다. 거래 금액 0원, 재욱이 형이 지니고 있던 코인과 아이템 들이 무상으로 '파란뱀'에게 지급된다. 마지막으로 거래 내역의 기록을 삭제한 뒤 갑옷과 철검을 비롯해 모든 아이템이 해제되어 누더기 옷을 걸친 형의 캐릭터를 본다. 이어, 내 컴퓨터 앞으로 옮겨 앉는다. 내 캐릭터가 소장하고 있던 코인과 아이템 들도 고스란히 '파란뱀'에게 전달된다. 나는 컴퓨터의 전원을 내리고 모든 케이블을 가위로 잘라낸다. 전류가 끊긴 모니터 화면이 평온해 보인다.

불법 체류 중이던 베트남인들이 허둥지둥 이곳을 떠났을 때, 그들은 몇 달째 밀린 수당을 받지 못했다. 나는 형들이 없는 사이 서투른 영어와 몸짓을 섞어가며 매니저가 곧 당신들의 월급을 주지 않기 위해 불법 체류자로 신고할 예정이라고 말했다. 이미 새로운 플레이어들까지 구해놨다는 말을 덧붙이자 그들은 창백해진 얼굴로 짐을 챙겼다. 나는 짐만 챙겨 도망치려는 그들에게 본체를 분리하여 한 개씩 안겨주었다. 월급을 떼어먹기 쉬운 불법 체류자들을 계속 고용하기 위해서라도 매니저 형이 그들을 신고할 리는 없었다.

속옷이 든 가방을 메고 복도로 나온다. 맞은편 방에서 억누른 신음 소리가 몇 가닥 들려온다. 발소리를 죽여 복도 맨 끝 방으로 향한다. 자고 있던 계집애가 부스스한 모습으로 문을 연다. 나는 계집애를 잡아끈다. 그 애는 영문도 모른 채 슬리퍼를 꿰어 신고 느릿느릿 복도로 나온다. 금방이라도 재욱이 형이 방문을 열고 나올 것만 같아 심장박동 수가 빨라진다. 절뚝이며 몇 걸음 따라오던 계집애가 발등을 쥐며 주저앉는다. 나는 그 애의 팔을 목에 두르고 부축한다. 계집애가 실쭉 웃는다.

"어디 가?"

목소리를 죽여 묻는 계집애의 입을 틀어막는다. 대문으로 통하는 시멘트 계단까지 올랐을 무렵, 계집애가 황급히 몸을 돌린다. 그 애는 다급한 표정으로 복도를 가리킨다.

"내 라디오."

나는 목구멍이 바짝바짝 마르는 것을 느끼며 계집애의 팔뚝을 움켜쥔다.

"새로 사줄게."

그제야 그 애는 내 부축을 받아 대문 밖을 나선다. 계집애의 걸음은 너무 느리다. 한 발짝 뗄 때마다 물컹한 살이 내 가슴과 옆구리에 밀려온다. 고요한 골목에 쏟아지는 볕은 눈부시다. 경사진 골목의 모퉁이가 가까워질수록 계집애는 지쳐간다. 나는 계집애에게 등을 내민다. 육중한 무게가 등 위로 쏟아진다. 부들거리며 떨리는 다리를 가까스로 일으켜 세운다. 길은 발밑에서 휘청거리며 지워진다. 골목을 빠져나와 큰길에 다다른다. 택시를 잡기 위해 도로변으로 향하던 나는 계집애를 고쳐 업으며 급히 상가 건물 안으로 몸을 숨긴다. 갈비뼈가 뻐근할 만큼 쌓여 있던 숨을 토해낸다. 계집애와 내 몸의 온기가 섞여 배어나온 후끈한 땀으로 셔츠가 젖어든다. 계집애는 내 어깨에 얼굴을 묻은 채 숨죽인다. 막 초록불로 바뀐 사거리 횡단보도 위로 매니저 형의 모습이 보인다. 그의 곁에는 나보다 조금 어린 듯한 소년이 그의 걸음을 부지런히 쫓고 있다.

택시에 올라탄 계집애는 한껏 들떴다. 그 애의 목덜미에 작은 늪처럼 고인 파란 멍이 보인다.

"어디로 갈까요?"

택시 기사가 묻는다. 계집애가 나를 쳐다본다. 나는 안경을 벗어 옷자락으로 닦는다.

"청량리역."

택시가 나아가기 시작한다. 그 짧은 반동으로 몸이 의자에 묻힌다.

"배고파."

계집애가 말한다.

"가서 맛있는 거 먹자. 그리고……"

"그리고?"

나를 따라 되물은 계집애는 내 대답을 재촉하듯, 노래하듯 "그리고? 그리고?" 반복한다.

나는 한동안 차창 밖을 보다가 눈을 감는다.

닭장
앞의
오후

밤 10시. 소년은 휘청거리며 어두운 밤거리를 걷는다. 피가 말라붙은 두 팔이 헤엄치듯 허공을 휘젓는다. 한쪽 발을 뗄 때마다 위태롭게 기우는 몸을 지탱하려 반대쪽 발이 필사적으로 지면을 내디딘다. 사람들의 수군거림이 들려온다. 가게들의 간판 사이로 지구대 불빛이 보인다. 지구대를 바로 앞에 두고 소년의 몸이 맥없이 고꾸라진다. 소년은 낭떠러지에서 굴러떨어진 짐승처럼 몸을 끌며 기어 나간다. 손가락을 뻗어 지구대의 유리문을 간신히 밀어낸다. 당직을 서던 경찰이 소년을 발견하고 주춤거리며 자리에서 일어선다.

"살려주세요."

소년은 두려움에 몸을 떤다. 참았던 숨이 토사물처럼 쏟아진다. 당황한 경찰들이 다가가 그를 일으킨다.

"살려주세요."

시커멓게 얼룩진 눈가가 경련을 일으키더니 송진 같은 눈물이 맺혀 흘러내린다.

"죽일 거예요."

그를 부축한 경찰들이 소파 앞까지 다가가기도 전에 소년은 짧게 경기를 일으키며 정신을 잃었다. 부르튼 입술 사이로 흰 거품이 부풀어 올랐다.

신원 조회 결과에 따르면 소년은 열다섯 살이었다. 다섯 살 때 보호시설에 맡겨져 열네 살이던 작년 겨울까지 그곳에서 길러졌던 것으로 보고되었다. 호적에 기록된 유일한 가족은 1988년생의 앳되었던 어머니이지만 아들이 보호시설에 맡겨지고 얼마 지나지 않아 사망했다. 아이는 다섯 살 되던 해에 폐장 시간이 지난 놀이공원 벤치에서 발견되었다. 청소부 강 씨는 커다란 봉지를 끌며 바닥에 떨어진 쓰레기를 줍다가 야자수 나무 모형 아래 벤치에 앉아 있는 아이를 보았다. 아이는 미아 보호소에서 경찰서로, 경찰서에서 임시 보호소로 옮겨졌고 최종적으로 경기도 양평에 있는 보호시설에 보내졌다.

소년은 어머니의 모습을 기억한다. 그러나 너무 깊게 생각하려 하면 떠오르지 않는다. 기억은 웅덩이 위에서 건져낸 살얼음과 같다. 손바닥 위의 조각들을 세게 움켜쥐려 할수록 빠르게 녹아버린다.

어머니는 얼굴이 작고 머리카락이 길었다. 강파른 체구였다. 젖이 잘 나오지 않았고 아이에게 젖을 물리는 것도 좋아하지 않았다. 아이는 어머니의 빈약한 가슴에 안겨 긴 머리채 끝을 잡고 빨았다. 먼지 맛이 나는 머리카락을 쭉쭉 빨고 있으면 잇몸이 간지러워졌다.

또 다른 기억. 어머니는 아이를 업고 3층 계단을 올랐다. 계단 구석에 지저분한 구두들이 줄지어 놓여 있었다. 파마머리의 늙은 여자는 어머니를 볼 때마다 사나운 얼굴로 핀잔을 해댔다. 어머니의 목덜미에서는 비누 냄새가 났다. 끝없이 이어지는 계단과 무수히 많은 동굴 같은 방들. 어머니와 아이는 복도의 맨 끝 방에 살았다. 낮엔 커튼을 치고 줄곧 자다가 저물녘이 되면 깨어났다. 어머니는 아이에게 고무 인형을 쥐여주고 외출했다. 아이가 울 때는 빈 욕조 안에 넣어둔 후 문을 잠그고 나갔다. 아이는 커다란 요람 같은 낡은 욕조가 좋았다. 어머니는 대개 날이 밝을 무렵이면 돌아왔지만, 때때로 다음 날 오후가 될 때까지 오지 않을 때도 있었다. 가끔 낯익은 여자들이 방문을 따고 들어와 어머니의 화장품을 마음대로 쓰기도 했다.

이런 기억도 있다. 아이의 몸에 열이 들끓는 밤이었다. 어머니는 대야에 냉수를 떠 왔다. 찬물을 수건에 적셔 아이의 알몸을 문질렀다. 수건이 닿은 자리마다 소름이 돋았고 아이는 몸을 덜덜 떨었다. 코와 입이 연결된 통로에 불벌레가 드나드는 기분이었다. 열이 내리지 않자 어머니는 아이를 번쩍 들어 대야 속에 앉혔다. 아이는 자지러지게 울어댔다. 당황한 어머니가 아이의 입을 틀어막았다. 투둑. 아이의 어깨 위로 눈물방울이 떨어졌다. 차가운 아랫도리에 질려 있던 아이의 신경이 피라미 떼처럼 어깨 위로 몰려들었다. 찰나였지만 그때 느꼈던 둥글고 촉촉한 감촉을 소년은 분명히 기억한다. 세상에서 가장 따뜻한 온도로 떨어져 믿을 수 없을 만큼 빠르게 식었던 눈물 한 방울의 무게.

이처럼 사소한 장면들은 쉬이 떠올릴 수 있는 반면 놀이공원에 갔던 날의 기억만은 불분명하고 혼란스러웠다. 모노레일과 바이킹, 회전목마와 청룡열차. 사람들의 환호와 즐거운 비명소리. 달콤한 솜사탕 냄새와 수상 놀이기구의 물에서 올라오던 습기. 이 형형색색의 조각들은 마치 여러 가지 물감을 붓으로 문질러댈 때처럼 한데 뒤섞여 괴기한 얼굴이나 꽃 같은 무늬를 만들어냈고, 점점 끈끈해지다가 결국 정체를 알 수 없는 시커먼 색깔로 변했다. 기억은 암전되고 소년은 놀이공원 조각들이 뒤섞여 굳어버린 천장 아래 갇혔다.

그날 아이를 놀이공원에 데려갔던 건 어머니보다 훨씬 나이가 많은 여자였다. 여자는 오렌지 맛 슬러시를 사주었다. 아이는 풍선 기구를 본뜬 놀이기구를 타고 싶다고 했다. 티켓을 끊어오겠다며 자리를 뜬 여자는 다시 돌아오지 않았다.

양평 보호원 '해 뜨는 동산'의 원장 송지훈은 성품이 반듯한 사람이다. 서른여덟에 보호원을 차려 15년 가까이 운영해오고 있다. 그는 워낙에 정이 많고 아이들을 좋아한다. 그의 아내 박윤형은 남편만큼 살가운 성격이 아니고 오히려 무뚝뚝한 편이지만 예의가 바르며 깔끔한 여자다. 그녀의 깐깐한 성품은 아이들이 쉰내 나는 옷을 입고 돌아다니거나, 머리를 너저분하게 흐트러뜨린 채 등교하지 않도록 보살피는 데에 일조했다. 부부 외에도 스물두 살짜리 여선생이 함께 아이들을 돌보고 있다. 그녀 역시 보호원 출신으로 성인이 되고도 시설에 남아 있는 유일한 원생이다. 이들의 지도 아래 자라고 있는 아이들은 현재 열다섯 명이다.

소년은 '해 뜨는 동산'을 사랑했다. 원장 부부 입장에서도 소년은 말썽을 부리지 않는 모범적인 원생이었다. 말썽은커녕 때로는 지나치게 얌전한 게 아닌가 싶을 정도로 조용했다. 송 원장은 소년이 너무 내성적인 사내로 자랄까 봐 염려스러웠다. 그래서 다른 아이들 모르게 야구장에 데려가 큰 소리로 응원 구호를 외치게 하기도 했다. 하지만 소년은 야유와 함성 속에 무르익은 야구 경기, 허공을 가르듯 날아오르는 야구공보다는 조용한 뒤뜰에 나가 책 읽는 시간을 더 좋아했다. 보호원에 있는 책들을 수도 없이 읽어 외우다시피 했다. 소년은 주로 학교 도서관에서 빌려 온 책들을 읽었다. 주말을 앞두고 금요일에 책을 다 읽어버린 경우에는 폐휴지함에서 날짜 지난 신문을 꺼내 펼쳤다. 읽을 수 있는 것이라면 뭐든 좋았다. 중학교에 입학한 후 첫 중간고사에서 전교 3등을 했다. 반 아이들은 소년에게 '활자 사냥꾼'이라는 별명을 붙여주었다. '책벌레'라든가 '문학소년' 같은 별명으로는 소년을 표현하기 부족했기 때문이었다. 도서관 서가에 서서 책을 고르는 소년의 눈빛은 온몸의 땀구멍을 열고 짐승 냄새를 쫓는 사냥꾼처럼 광채를 띠었고, 일단 책에 몰입하기 시작하면 그의 얼굴은 여유로운 감상에 젖은 독서광이라기보다는 산 짐승을 통째로 뜯어먹는 포식자처럼 무자비한 희열에 젖어들었다.

"왜 그렇게 무서운 얼굴로 책을 읽니?"

언젠가 동급생 여학생이 어깨를 건드리며 물어왔을 때 소년은 놀라지 않을 수 없었다. 자신이 앉아 있는 곳이 점심시간의 왁자지껄한 교실 안이라는 사실을 까맣게 잊고 있었던 것이다.

박윤형은 소년이 우수한 성적을 거둘 때마다 매우 만족스러웠다. 그녀는 소년을 친아들처럼 아꼈다. 내색하진 않았지만 소년이 공부에 열중할 수 있는 환경을 만들어주기 위해 갖은 노력을 기울였다. 또래 남학생들에 비해 마른 체구인 소년의 건강에 대해서도 각별히 신경을 썼다. 혹 못된 학생들이 그의 심기를 건드리거나 보호원의 동생들이 그를 귀찮게 하지 않나 싶어 소년의 표정이나 말투를 유심히 관찰하기도 했다. 늘 그를 주시하는 그녀였으니, 소년에게 생긴 변화를 가장 먼저 알아챈 것도 당연한 일이었다. 작년 초겨울. 정확히 무슨 일이 벌어지고 있는 건지는 알 수 없었으나 소년의 심경에 이변의 물길이 흘러들고 있었다. 겉으로 드러나는 생활은 전과 큰 차이를 보이지 않았기에 다른 사람들은 쉽게 눈치채지 못했다. 그 무렵 소년은 작은 접촉에도 소스라치게 놀랐고, 밤잠을 설쳐 두 눈이 충혈되어 있기 일쑤였다. 영혼이 증발한 사람처럼 넋을 잃고 앉아 있는가 하면 누군가를 기다리듯 초조하게 대문가를 기웃거리기도 했다. 전처럼 책을 붙들고 지내지도 않았다. 아내의 주의를 들은 송 원장이 대화를 시도해보았지만 소년은 오히려 그런 원장 내외가 새삼스럽다는 듯 환하게 웃었다.

하지만 박윤형의 직감은 정확했다.

소년이 그 남자를 처음 본 건 농가의 닭장 앞에서였다. 학교를 마치고 돌아오던 중이었다. 농가의 노부부는 손님들에게 직접 키운 닭으로 끓인 백숙을 팔았다.

그날 오후, 남자는 닭장 문 앞에 서서 이를 쑤시고 있었다. 짧게 깎은 머리에 물 빠진 녹색 모자를 눌러쓰고 후줄근한 티셔츠에 청바지를 입은 차림이었다. 하야말끔한 얼굴에 이목구비의 선이 가늘어서 얼핏 고등학생처럼 보이기도 했지만 주름이 많고 투박한 손은 서른을 훌쩍 넘긴 남자의 것이 분명했다. 남자는 이쑤시개를 던지고 주머니에 손을 찔러 넣으며 소년을 쳐다보았다.

"너 이거 먹을래?"

주머니에서 꺼낸 손 위에는 달걀 한 알이 놓여 있었다. 소년은 고개를 저었다. 남자는 달걀을 아랫니에 두드려 깨뜨리고 내용물을 빨아 먹었다. 미끈한 액체를 삼킬 때마다 남자의 목젖이 밀려 올라갔다 내려왔다. 남자는 빈 달걀 껍데기를 흙바닥에 버리고 운동화로 밟아 부스러뜨렸다. 그의 팔뚝이 벌레에 쏘인 듯 벌겋게 부풀어 있었다. 남자가 흰 이를 드러내며 웃었다.

"닭한테 쪼였어. 달걀을 가지고 나오려니까 덤비잖아."

겁도 없이. 소년은 생각했다. 달걀을 무사히 집어 오려면 모이를 충분히 뿌려 닭들의 관심을 분산시켜야 했다.

"딱 한 놈만 잡아서 목을 따버렸지. 그담부턴 아무도 안 덤볐어."

남자가 실실 웃었다. 그는 반대편 주머니에서 달걀을 하나 더 꺼내 소년에게 내밀었다.

"먹어. 괜찮아."

소년은 아직 따뜻한 달걀을 받아 들었다.

"먹으라니까."

남자가 소년을 물끄러미 쳐다보았다. 소년은 남자가 했던 것처럼 앞니로 달걀을 깨뜨렸다. 투명한 흰자가 턱을 타고 흘렀다. 미지근하고 비릿한 것이 꿀떡꿀떡 목으로 넘어갔다. 기분이 나쁠 정도로 고소한 맛이었다.

"맛있지?"

남자가 물었다. 소년은 고개를 끄덕였다.

"같이 좀 걸을까?"

소년은 천천히 돌아 앞장서 걸음을 떼었다. 농가 앞에서 남자를 발견하고 멈춰 섰던 일이 뼈저리게 후회되었다. 당장이라도 달음질쳐 보호원으로 돌아가고 싶었다. 그러나 섣불리 내달렸다간 남자의 억센 손이 뒷덜미를 움켜쥘 것만 같았다. 그리고 아까부터 그의 왼손에 쥐어져 있던 식칼. 칼날을 핥듯 교태를 부리며 미끄러져 흙 위로 점점이 떨어지던 피. 그것의 정체가 무엇인지 소년은 도무지 알 길이 없었다.

소년과 남자는 개천을 따라 걸었다. 자가용과 트럭 두어 대가 지나쳐 갔다. 인가가 드문 길가였다. 사람은 지나가지 않았다. 남자는 걷는 내내 소년에게 질문을 던졌고 조금이라도 성의 없게 대답하는 기색이 보이면 낯빛을 바꾸었다. 남자의 기괴한 숨소리에 소년은 여러 번 그를 곁눈질했다. 군데군데 흉터가 팬 뺨 위로 석양빛이 반사되어 흘렀다. 그래서인지 그는 마치 울고 있는 것처럼 보였다. 이윽고 해가 넘어가고 주위가 어스름해졌다. 남자는 보호원 앞까지 소년과 함께 걸었다. 저녁 식사 때가 가까워진 집 안에서 짭조름한 국냄새가 풍겼다. 소년은 문득 울고 싶어졌다.

"여기지? 그만 들어가라."

그는 대문을 향해 턱짓했다. 소년은 머뭇거렸다. 그가 태연히 뒤좇아 들어올까 봐 두려웠다. 그러나 남자는 소년을 놔둔 채 왔던 길로 돌아갔다. 멀어진 그의 뒷모습이 아예 보이지 않게 되고도 한참이 지난 후에야 소년은 대문을 열었다. 남자는 일단 돌아갔지만 소년의 학교와 학년, 반을 캐물어 알고 있었다. 그것뿐만이 아니었다. 어릴 때부터 시설에서 자라온 과거, 가장 좋아하는 음식, 심지어 누구에게도 말해본 적 없는 소년의 솔직한 장래 희망까지 모두 털어놓을 수밖에 없었다. 소년은 지금껏 그렇게까지 많은 질문을 받아본 적이 없었다.

이틀 뒤 닭들이 요란스레 난리를 치는 소리에 농가를 찾아간 이웃집 주민이 노부부의 시신을 발견했다. 노인은 부엌에, 노파는 안방의 장롱 앞에 쓰러져 있었다. 사망 원인은 복부와 늑골을 찔린 자상이었다. 수사에 착수한 경찰들이 동네를 샅샅이 돌기 시작했다. 보호원의 원장 부부와 원생들에게도 여러 질문이 던져졌다.

겁에 질린 원생들 사이에는 소년도 섞여 있었다. 소년은 형사에게 도서관에서 책을 빌린 뒤 곧장 집으로 돌아왔으며 농가를 지나칠 때도 별 이상한 점은 발견하지 못했다고 말했다. 경찰들은 아무런 단서도 찾지 못했다. 마을을 뒤숭숭하게 했던 노부부의 죽음은 시간이 지날수록 미해결 사건으로 넘어갈 듯한 눈치였다.

소년은 남자의 말을 똑똑히 기억하고 있었다. 사람들에게 그에 대한 얘기를 털어놓아봤자 누구도 자신을 잡을 수 없을 거라고. 하지만 남자가 소년의 고자질을 알게 되는 순간 시설에 있는 가족들은 쥐도 새도 모르게 죽어 나갈 것이라고 했다. 단순히 겁을 주려 하는 말이 아니라는 것을 소년은 본능적으로 알 수 있었다.

남자가 다시 찾아온 건 한 달여의 시간이 흐른 후였다. 토요일 정오. 그는 교문 앞에서 소년을 기다리고 있었다. 멀리서 눈짓을 건넨 그가 앞서 걷기 시작했고 소년은 잠자코 따라 걸었다. 그들은 예닐곱 걸음의 거리를 유지한 채 동네를 벗어났다. 시내에 다다라 지구대 앞을 지날 때 소년은 비명을 지르며 그 안으로 뛰어 들어가고 싶은 충동을 느꼈다. 그러나 정작 지구대의 간판조차 제대로 쳐다보지 못했다. 걸음을 뗄 때마다 묵직한 쇠사슬이 덜그럭거리는 소리가 들려오는 듯했다. 보이지 않는 쇠사슬은 남자의 손으로부터 소년의 발목을 옥죈 단단하고 뜨거운 족쇄로 이어져 있었다. 경찰서를 향해 등을 돌리는 순간 남자의 손이 목을 졸라올 것만 같았다. 그는 경찰에 잡히는 것도 개의치 않을 사람이었다. 남들이 겁내는 것을 두려워하지 않는 인간은 괴물이라는 걸, 소년은 잘 알고 있었다. 남자는 버스표를 사서 소년에게 건넸다.

그들이 도착한 곳은 놀이공원이었다.

"잘 봐. 여기서 버려졌냐?"

남자는 놀이공원 구석구석 소년을 데리고 다니며 물었다. 드넓은 광장 중앙에 서 있는 커다란 마스코트 동상. 지네처럼 허공에서 물결치는 청룡열차의 레일. 매점 입구에 매어진 채 둥둥 떠다니는 색색 가지 헬륨 풍선들. 소년은 고개를 저었다.

남자와 소년은 하루 동안 세 군데의 놀이공원을 돌아다녔다. 마지막 놀이공원에 도착했을 때는 이미 폐장 시간이 가까워진 밤이었다. 공원의 호수 근처에서 폭죽이 펑펑 터졌다. 그런 규모의 불꽃놀이를 실제로 본 건 처음이었다. 폭죽 터지는 소리가 들려올 때마다 심장이 요동쳤다. 밤하늘은 공기를 가득 넣어 부풀린 검은 비닐봉지이고 누군가 그것을 밟아 터뜨리는 것만 같았다.

"왜 버려진 곳도 기억을 못 해?"

남자는 소년을 노려보며 신경질적으로 물었다. 내내 아무것도 먹지 못한 소년은 기운이 없었다.

"벤치랑 야자수 모형은 어디에나 있잖아요."

소년은 기어들어가는 목소리로 말했다.

"그렇게 멍청하니까 부모가 내다 버린 거다."

남자는 뒤쳐져 걷는 소년의 어깨를 거칠게 끌어 앞장세웠다.

택시를 타고, 버스를 탄 뒤 다시 택시로 갈아탔다. 차에서 내리고도 20분 넘게 비슷한 길을 맴돌다시피 하다가 소년이 녹초가 되었을 때서야 남자는 어느 집 앞에서 멈추었다. 골목에 자리한 여러 주택과 비슷한 철 대문의 단독주택이었다.

음침한 집 안에서는 습하고 비릿한 냄새가 났다. 언젠가 미술 시간에 정물화로 그렸던 빈 소라고둥의 냄새. 아니다. 과학

실 구석에 부레옥잠을 담아 기르던 검은 수조의 냄새. 어릴 적 운동장의 정글짐을 오래 타고 논 뒤면 뻣뻣해진 손바닥에 배어 있던 쇠냄새와 같은.

남자는 작은 골방에 소년을 밀어 넣었다. 창문이 없고 밖에 이중 잠금장치가 되어 있는 방이었다. 이윽고 생수 한 통과 봉지에 든 햄버거, 빈 양동이가 던져졌다. 소년은 허겁지겁 햄버거를 먹었다. 데우지 않아 딱딱했지만 씹을 새도 없이 삼킬 만큼 허기진 상태였다. 배를 채운 뒤 벽에 등을 기댄 채 웅크리고 앉아 있었다. 방문에 귀를 대볼 엄두도 나지 않았다. 언제 남자가 문을 걷어차며 들어올지 모르는 일이었다.

소년은 눈앞에 닥친 현실이 믿어지지 않았다. 지금쯤 '해 뜨는 동산'에서는 모두들 자신을 찾고 있을까. 네 명의 남자아이가 함께 모여 자던 방 안이 사무치게 그리웠다. 어린 동생들의 쌔근거리는 숨소리와 원장 부부가 모두들 잘 자고 있는지 확인하기 위해 문을 열었을 때 아직 잠들지 않은 아이들이 이불 속에 숨어 킥킥거리던 웃음소리. 오래되어 납작해진 자신의 베개, 밤중에 목이 마른 아이들이 주방까지 가지 않아도 되게끔 마루의 탁자 위에 놓여 있던 물주전자 같은 사소한 물건들. 그런 것들을 떠올릴 때마다 방바닥의 한기가 아프게 살을 파고들어 뼛속이 유리처럼 차가워졌다.

소년은 요의를 느끼며 깨어났다. 밖은 잠잠했다. 오줌을 더

참아볼까 하다가 양동이에 볼일을 보았다. 수면 욕구가 충족되고 어느 정도 피로가 가시자 이성적인 생각이 돌아왔다. 정신을 똑바로 차려야 한다고 마음을 다잡았다. 이 집에는 남자 혼자 사는 걸까. 아니면 공범이 있는가. 집이 비는 동안 방문을 부수고 달아나야 한다. 아니면 남자가 들어오는 찰나 양동이의 오물을 뒤집어씌우고 그 틈을 타 도망을 가야 하는가. 그러나 만일 잡힐 시의 상황은 생각만 해도 소름이 끼쳤다. 소년의 수중에는 무기로 삼을 만한 것이 없었다. 책가방은 밖에 있고 주머니에는 뾰족한 펜 한 자루뿐.

잠시 후 들어온 남자는 손을 뻗어 소년의 머리칼을 쓸어 넘겼다.

"뭘 그렇게 겁내는 거야? 편하게 있어, 편하게."

그가 웃자 시커먼 잇몸이 드러났다.

소년의 입술 틈에서 입김이 뿜어져 나왔다.

"고아원 인간들은 금방 널 잊어버릴 거야. 지 부모가 버린 새끼는 남들도 우습게 버리거든. 왜? 막 버려도 와서 뭐라 할 사람이 없으니까. 근데 난 안 그럴 거야. 절대 널 버리지 않을 거야. 눈앞에 안 보이면 세상 구석구석, 주머니 하나하나 다 뒤져서라도 찾아내겠지."

한동안 잊고 있었던 새파란 분노의 싹이 소년의 심연을 뚫고 올라왔다. 대체 무엇 때문에 형사들이 찾아왔던 그날 보호원 사람들을 지키겠답시고 진술을 회피했던가. 소년은 자신의 어리석음이 경멸스러워서 머리칼을 쥐어뜯고 싶어졌다.

하루는 남자가 소년의 방문을 열어둔 채로 외출했다. 소년은 조심스럽게 문지방을 넘어 나갔다. 뚜껑 없는 휴지통 안에 여자용 속옷이 버려져 있었다. 모골이 송연해졌다. 소년은 닫힌 현관문을 보고 우뚝 멈춰 섰다. 두 개의 잠금장치만 돌리면 밖으로 나갈 수 있었다. 훤한 대낮이므로 길가에는 사람들이 지나다니고 있을 터였다. 누구든 붙잡고 도움을 요청할 수만 있다면. 소년은 비쩍 마른 다리를 움직였다. 한 발짝 두 발짝. 현관의 타일 바닥을 딛고 숨죽여 잠금장치를 열었다. 대문을 벗어나면 젖 먹던 힘을 다해 달려야 한다. 최대한 사람들이 많은 곳으로 도망치자. 두번째 잠금장치가 풀리는 것과 동시에 문손잡이를 돌려 열었다. 눈부신 빛이 쏟아졌다. 소년은 아득한 어지럼증을 느끼며 눈을 찡그렸다. 집 밖으로 발을 내딛는 순간, 소년은 입을 벌렸다. 두 다리가 모래처럼 바람에 날려 흩어지는 듯했다. 남자는 대문 앞에서 무표정한 얼굴로 소년을 바라보고 있었다.

"어디 가게?"

어느 날 화장실에 가던 소년은 남자의 어깨 너머로 뉴스를 보았다. 연쇄살인범에 대한 특집 기사가 나오고 있었다. 피해자는 열한 살 소녀였다. 아이를 잃은 부모가 바닥에 주저앉아

오열하는 모습이 비춰졌다.

"지금 저거 보고 있는 부모들 중에서 말이야. 분명 당한 게 내 새끼가 아니라 다행이라고 생각하는 인간이 있을 거야. 특히 저 동네 사는 부모들은. 그치?"

남자는 라이터로 장판을 툭툭 두드렸다. 뉴스 화면으로 공사장 주변과 소녀가 다니던 초등학교 전경이 스쳐 지나갔다. 소년은 몸을 움츠렸다. 여전히 추운데도 봄은 왔구나. 학교 화단의 개나리 덤불에 꽃이 만개했다.

"왜 다들 자기 새끼만 중요하다고 생각하며 사는 걸까? 어떻게 그렇게들 무관심할 수 있느냔 말이야."

남자가 자세를 고쳐 앉으며 계속 중얼거렸다. 수사 진행을 보고하는 뉴스를 보던 남자가 낄낄거렸다.

"병신들. 헛짓거리하고 앉아 있네. 백날을 쫓아봐라, 씨발."

소년은 방문턱 앞에 우두커니 선 채로 그의 뒷모습을 내려다보았다.

싱크대에는 여러 개의 부엌칼이 있었다. 지나치다 싶게 많은 칼이었다.

칼날을 타고 흐르던 핏물이 떠올랐다. 언젠가 남자가 소년 또한 죽이고 말리라는 예감이 칼날보다 날카롭게 머리를 관통했다.

그날 이후로도 두 건의 살인 사건이 더 일어났다.

서울 M구에서 일어난 중년 샐러리맨의 죽음. 피해자는 취중에 외진 골목에서 살해되었다. 둔기로 뒤통수를 수차례 가격당했다. 가방과 금품이 없어진 것으로 보아 경찰은 강도 살인 사건이라 추측했지만 범인은 잡히지 않았다.

서울 D구에서 이십대 초반의 여성이 숨진 사건. 노래방 도우미와 조건 만남 일을 하며 생계를 이어가던 피해자는 모텔에서 숨진 채로 발견되었다. 시신은 화장실 수건걸이 봉에 목이 매어 있었으며 졸린 목과 봉을 잇고 있던 끈은 모텔방 컴퓨터에서 뽑아낸 전선이었다. 피해자가 만취해 있었다는 점, 방 안에 가해자의 흔적이 전혀 남지 않았다는 것과 그녀가 홀로 키를 받아 올라갔다고 말한 모텔 주인의 증언에 따라 사건은 자살로 처리되었다. 피해자가 모텔에 들어서기 10분 전쯤 공중전화로 걸려 온 번호와 짧게 통화를 나눈 기록이 남아 있긴 했지만 조건 만남을 자주 갖던 휴대전화에는 그 외에도 수많은 공중전화 번호들이 찍혀 있었으므로 그에 대한 추적은 흐지부지되었다.

소년은 신문에 적힌 날짜를 보았다. 사건이 벌어진 이틀 모두 남자는 집을 비웠었다. 그리고 돌아왔을 때는 이상하리만치 기분이 좋아 보였다.

소년은 남자가 잠든 모습을 보았다. 그는 텔레비전을 켜놓은 채 맨바닥에 등을 돌리고 누워 있었다. 소년은 숨죽여 싱크대로 다가갔다. 손잡이가 떨어진 서랍을 열었다. 중국집과 근처

배달 식당의 전단지 사이로 식칼 서너 자루가 놓여 있었다. 소년은 허옇게 물 얼룩이 말라붙은 식칼들 중 하나를 집어 들었다. 칼자루를 쥔 손과 손목, 어깨까지 부들부들 떨렸다. 식은땀에 젖은 발바닥이 장판에 붙었다가 쩍쩍 떨어지는 소리가 울릴 때마다 심장이 터질 듯 팽창했다가 쪼그라들었다. 금방이라도 발작을 일으킬 것만 같았다. 참자. 잠깐이면 된다. 그의 등에 칼을 꽂고 이곳을 탈출하자. 칼날이 살을 뚫는 느낌은 어떨까. 뼈에 닿거나 내장을 찌르는 느낌도 선명히 전해질까? 바위를 긁는, 혹은 물 채운 풍선을 터뜨리는 것뿐이라고 되뇌면 쉬울까? 그 감촉을 평생 잊을 수 있을까? 하지만 그것은 배부른 고민이었다. 만일 실패한다면? 남자는 소년의 손목과 발목을 잘라버릴지도 모른다. 문지방을 앞에 두고 서서 소년은 발을 떼지 못했다.

텔레비전 화면 속에서는 아까 보았던 치타가 같은 모습으로 초원을 달리고 있었다.

끼에엑.

치타에게 목덜미를 물린 사슴이 요란한 비명을 질렀다. 난데없는 소음에 남자의 몸이 조금 움직인 것 같았다. 무언가 등을 떠밀기라도 한 것처럼 소년은 남자에게 달려들었다. 손에 쥔 칼자루를 정신없이 휘둘렀다. 핏방울이 눈으로 들어가 앞이 잠시 붉게 보였다. 소년은 놀이공원에서 시야를 가득 메우던 어린 시절의 풍선 다발을 떠올렸다.

그로부터 며칠 뒤.

신문에는 유괴되었던 소년이 유괴범을 살해하고 가까스로 탈출하였다는 기사가 실렸다. 유괴범은 근방의 공사장에서 일하던 일용직 노동자였다. 그의 범행 동기는 누구도 알 수 없었다. 소년은 그가 연쇄살인범이라고 지목하였지만 범행이 일어났던 시간에 그의 알리바이는 분명하였으며, 어떠한 증거도 찾을 수 없었다. 소년은 언젠가 보호시설 근처에서 일어났던 노부부의 살인 사건을 짚어내기도 했다. 그러나 사건의 범인은 소년이 유괴당하고 얼마 있지 않아 검거되었던 것으로 밝혀졌다. 심리 치료사는 장기간 유괴되었던 소년이 충격으로 인해 과대망상을 겪은 것이라고 설명하였다.

보호시설의 원장 내외는 소년과 눈물의 재회를 하였다. 그들이 소년을 찾기 위해 했던 노력을 전해 들은 소년은, 시설 사람들을 원망하던 것을 후회했다. 박윤형은 형사에게 범인의 얼굴을 확인하고 싶다고 부탁했다. 부검의와 대화를 나누는 사이 그녀는 남몰래 시신의 머리에서 머리카락 몇 올을 뽑아냈다.

시설로 돌아오는 차 안에서 그녀는 턱을 괸 채 차창 밖을 내다보았다. 그녀는 언젠가 아들을 만나러 왔다고 행패를 부리던 주정뱅이를 떠올렸다. 납작하게 눌린 모자를 쓴 젊은 남자는 노숙자와 다름없는 행색이었다. 그녀는 그를 친절히 사무실까지 안내하였고 서류를 뒤적이는 시늉을 해 보였다. 유감스럽게도 그의 아들이 이곳에 없다는 사실을 전해주었다. 남자는 상스러운 욕을 지껄이며 문을 박차고 시설을 나갔다. 그날은 소년이 경시대회에서 만점을 받은 날이었다.

소년은 치료를 받으며 다시 일상생활에 적응해나가기 시작하였다.

그 일이 있고부터 반년쯤 지났을까. 박윤형은 아이들을 모두 등교시키고 난 후 택배 한 통을 받았다. 수신인은 박윤형 자신이었다. 그녀는 빗자루를 내려놓고 봉투를 열어 안에 든 서류를 꺼냈다. 한 달 전, 그녀가 직접 시내 종합병원을 찾아가 친한 동창인 의사에게 부탁했던 것이었다. 찬찬히 서류에 적힌 내용을 읽던 그녀는 말없이 종이를 찢었다. 그리고 몇 장의 광고 전단지와 함께 서류 봉투를 폐휴지 통에 집어넣었다. 박윤형은 다시 허리를 구부리고 방을 마저 쓸었다.

비가 내려 온 실내가 눅눅한 날이었다.

겨울
나들이

엄마가 또 집을 나갔다.

옷장을 보니 얇은 코트 한 장만 걸치고 사라진 것 같다. 내가 방심했다. 점심을 먹고 잠시 누워 있는다는 게 깜빡 잠이 들고 말았다. 엄마는 그사이 열린 방문턱을 살금살금 넘어 도망쳤다. 창밖에는 싸락눈이 날린다. 털 부츠가 없는 걸로 미루어 그나마 맨발로 나간 것 같지는 않다.

한 달하고도 보름쯤 전, 내가 빨래하는 사이 집을 나간 엄마는 집에서 다섯 정거장 떨어진 경동시장에서 발견되었다. 그날 저녁, 남편은 어머니 돌보기가 힘들면 병원에 맡기자는 말을 꺼냈다. 그 일로 이틀에 걸쳐 대판 싸웠다. 전 같았으면 그런 말을 꺼낼 사람이 아닌데 그도 심히 지쳤던 모양이다. 신혼

2년 차에 엄마를 돌보느라 집을 비우는 일이 잦았고 몇 달 동안 따뜻한 저녁 한번 제대로 함께한 적이 없었으니 성이 날 만도 했다. 그는 왜 형님이 어머니를 돌보지 않고 내가 모든 걸 떠맡아야 하느냐며 나를 설득하려 했다. 오빠는 내가 엄마를 돌보는 걸 포기하기만을 여유롭게 기다리고 있다. 새언니 말로는 평택에 요양소를 알아봤다며 한 달에 40이면 가족 같은 분위기에서 환자들을 돌봐준다고 했다. 내가 알기로 제대로 된 요양소는 못해도 월 150은 들어간다. 게다가 엄마의 발병 증상은 돌보는 데 큰 힘이 들지 않을 만큼 얌전한 편이다. 반찬 투정을 하며 밥상을 엎거나 배변 문제로 심각하게 골을 썩인 일도 없다. 대부분의 시간을 조용하게 텔레비전을 응시하며 보낸다. 한 손으로는 내 손등을 쓰다듬으며. 가끔은 개그 프로그램을 보며 텔레비전 속 효과음을 따라 웃기도 한다. 그리고 아주 드물게는 옛날 기억이 돌아올 때도 있다.

며칠 전 환기를 시키려고 창문을 잠깐 열어놓았을 때였다. 차고 맑은 바람에 커튼이 일렁일 때마다 엄마의 이불 위로 나뭇잎만 한 햇빛이 헤엄치듯 움직였다.

"웬 나비가 이렇게 이쁘니. 봐라, 얘."

엄마는 햇빛을 잡으려고 몸을 수그린 채 이불 위를 더듬었다. 햇빛은 손에 들어올 만하면 얌체같이 옆으로 빠져나가곤 했다. 한참 동안 나비를 쫓아 이불을 탁탁, 치던 엄마는 앉은 채로 장롱에 기대어 잠들었다. 햇빛은 잠든 엄마의 왼손 위에 환하게 내려앉았다. 곤히 자는 줄 알았던 엄마가 재빨리 오른손으로 왼쪽 손등을 쳤다.

"잡았다!"

경동시장에서 발견되었던 날 엄마는 내게 소매치기를 잡으러 다녀왔다고 말했다. 헤매고 있던 곳은 30년 전쯤 미도파 백화점이 있던 자리였다. 반지하 단칸방에 살던 시절 엄마는 나를 데리고 장을 보러 갔다가 그날 외할머니가 준 50만 원을 소매치기 당한 적이 있었다. 사람들이 다니는 길 가장자리에서 가방을 뒤지다가 종내에는 아스팔트 바닥에 가방에 있는 걸 모두 끄집어냈다. 점퍼를 뒤집어 탈탈 털어내던 엄마를 사람들은 흘끔거리며 지나쳤다. 얼굴이 붉어진 채로 울상을 지으며 발을 동동 구르던 엄마의 얼굴이 떠올랐다. 지금의 나보다 훨씬 어렸던 아이 엄마의 얼굴. 그날은 해가 지고 장사꾼들이 천막을 내릴 때까지 경동시장 사방팔방을 돌아다녔다. 엄마 손에 들린 검은 봉지 안의 오징어가 내 팔목을 스쳤고, 비린내 나는 물방울이 팔뚝을 타고 흘러내리던 촉감이 떠오른다.

조기 치매가 온 뒤로 엄마는 자꾸 무언가를 찾거나 잡기 위해 나가려 한다.

오빠네는 엄마가 한 번만 더 사라져 집안이 발칵 뒤집히는 날엔 내 동의를 얻지 않고 병원에 입원시키겠다고 선포했다. 내 반발에 새언니는 어머님이 실종되기라도 하면 어쩔 거냐며 큰소리를 쳤다.

실종 신고를 하면 오빠의 귀에 들어갈 수밖에 없다. 남편도 슬슬 지쳐가니, 아마 일이 커질 것이다. 그래서 오늘은 내가 직접 엄마를 찾으러 나가려 한다.

수첩을 꺼내 엄마가 갈 만한 곳의 목록을 적어보았다. 이따금 정신이 돌아올 때 언급했던 몇 군데를 우선순위로 두었다. 다행히 우리 집은 이사를 멀리 다닌 적이 없어서 동선은 그리 넓지 않았다. 나는 파카에 목도리까지 단단히 두르고 백팩에 엄마 옷과 양말을 챙겨 넣었다. 내가 찾기도 전에 엄마가 눈길에 미끄러지지 않길 바라며 집을 나섰다.

왕십리

내가 태어난 곳은 상왕십리 근처의 성야 병원 산부인과다. 지금은 동인 병원으로 이름이 바뀐 지 꽤 되었다. 나는 한겨울인 1월 초에 태어났다. 나와 일곱 살 터울인 오빠는 나를 낳던 날 아빠 손을 잡고 엄마에게 줄 선물을 들고 찾아왔다고 한다. 새빨간 뺨을 하고 "축하해 엄마"라고 말하며 내밀었던 건 비닐 포장지에 감싼 손수건이었다. 엄마는 그때 경황이 없어서 써보지도 못한 새 손수건을 병원에서 잃어버리고 나온 게 오래도록 마음에 걸린다고 했다. 정작 아빠의 재촉에 손수건을 골랐던 오빠 본인은 기억도 못 하는 선물이었다.

나는 신설동에서 도로교통공단까지 길을 따라 걸으며 주위를 살폈다. 백발이 무성해질 때마다 내가 염색을 해줘서 흑발이 된 짧은 머리에 키는 158센티미터쯤 되는 엄마와 비슷한 모습을 한 할머니들은 이 일대에 꽤나 많다. 앞을 보지 못하고 걷다가 교복을 입은 커플과 부딪혔다.

"아, 씨발."

여학생이 모난 눈을 하고 나를 노려보았다. 나는 학생들에게 엄마의 사진을 보여주며 혹시 이 할머니를 본 적이 없느냐 물었다.

"뭐야, 재수 없게."

"미안해요, 학생. 많이 아파요?"

"손대지 마요. 짜증 나."

"저기요, 그냥 좀 꺼져주실래요?"

남학생이 여학생을 감싸며 나를 멀찍이 밀쳐냈다.

도로교통공단 앞에서 길을 건너자 언덕길 아래쪽으로 병원 간판이 보인다. 건물은 낡고 허름하다. 경사진 길을 구부정한 몸으로 걸어 내려가다 발을 삐진 않았으려나. 차라리 병원 안을 헤매고 있기라도 하다면 누군가가 보호해주고 있을 텐데. 미끄러운 길을 내려가던 나는 걸어온 길을 돌아본다. 점퍼를 맞춰 입은 학생 커플은 여전히 버스 정거장에 꼭 붙어 있다. 말투가 거칠긴 해도 어린 녀석들이 연애를 한다며 서로 지켜준답시고 갸르릉거리는 모습이 나름 귀엽다.

엄마는 아빠와 소개로 만나 결혼했다. 그때까지 엄마는 연애 한번 해보지 않은 순진한 처녀였고, 아빠는 네 명의 고모 아래 막내아들로 자라 개구진 모습이 가시지 않은 총각이었다고 한다. 엄마는 아빠가 아직 철이 없어 보이긴 했지만, 가정적일 것 같은 모습에 반했다고 했다.

친가 쪽의 할머니와 당시에도 멋 좀 부릴 줄 알았던 고모들은 하나같이 꼬장꼬장한 성격이다. 아빠가 처음으로 엄마를 집에 데려온 날 할머니의 첫마디는 단호했다.

"못생겼고만."

그때까지 부유한 가정에서 자라온 엄마가 결혼을 꿈꾸며 바라는 건 하나였다. 화목한 가정. 우리 가족은 살아오며 몇 차례 가게가 망한 뒤 가난을 장마철의 습진처럼 달고 살긴 했지만, 엄마의 바람대로 아빠는 가정적인 모습만은 늘 잃지 않았다. 유머 넘치는 아빠의 성격과 별거 아닌 일에도 손뼉을 치며 즐거워하는 엄마의 요란한 웃음소리가 아니었다면 아마 나는 사라진 엄마를 찾아다니는 딸로 자라지 않았을지 모른다.

병원 안은 한산했다. 로비에는 콜록거리는 어린애와 아이 엄마, 수액 병을 달고 있는 노인이 전부였다. 나는 데스크의 간호사에게 엄마의 사진을 보여주었다. 노래진 손끝으로 귤을 까먹고 있던 간호사는 나를 위아래로 훑어보더니 고개를 저었다.

병원 복도를 한 바퀴 돌며 만나는 간호사와 의사 들에게 모두 엄마의 행방을 물었으나 대답은 하나같았다. 30분쯤 병원을 돌았을 때 간호사 두 명이 다가왔다.

"여기서 계속 이러시면 곤란해요."

병실을 좀더 둘러보고 싶었지만 나는 반강제로 병원에서 나와야 했다.

망연자실한 채 수첩을 넘기던 내게 의외의 단서를 준 건 병원 근처에서 폐지를 줍던 할머니였다.

"여기 어슬렁거리면서 뭐라 씨부렁거리데? 닭인가? 그려. 닭 잡으러 간다고 하길래 노망난 노인넨 거 알고 쫓아냈지. 늙을람 곱게 늙지. 에헤이."

말을 어쩜 그리 씹어뱉듯 하느냐 다그치고 싶었지만 괜한 시간 낭비일 거란 생각이 들었다.

닭. 엄마는 닭을 잡으러 갔다.

수첩의 목록 중 세번째로 적혀 있는 장소였다.

군자동

"집안에 사람을 잘못 들여서 이러지."

내가 다섯 살쯤 되었을 무렵. 할아버지가 병환으로 몸져누웠을 때 할머니는 엄마를 흘기며 말했다.

"아들내미 하나 낳았다고 칭찬해주니깐 지 잘난 줄만 알고.

순 삐다구만 남아서 있는 복도 쫓아낼 꼬라지하고는. 누가 보면 너 굶기는 줄 알겠다?"

그 시절 아빠가 운영하던 당구장이 망하고 빚이 남아 우리네 식구는 군자동에 있는 할머니 댁에 들어가 살고 있었다. 마당에 감나무가 있는 작은 한옥이었다. 마당 구석에는 임시방편으로 만든 작은 사육장이 있었다. 오빠가 학교 앞에서 2백원에 사 온 병아리 두 마리가 다 큰 닭이 되어서 아빠가 급히 만들어 넣은 것이었다. 아침마다 울어젖히는 닭이 시끄럽다며 동네 사람들 불만이 이만저만이 아니었다. 할머니는 할아버지 몸보신을 해드릴 겸 엄마에게 닭을 잡아 푹 고아 내라고 했다. 말린 대추와 인삼도 아끼지 말고 넣으라며 툇마루에 약재가 담긴 비닐봉지를 탁, 던져놓던 소리가 여전히 나의 귓전에 남아 있다.

"살아 있는 걸요?"

사색이 된 엄마는 모이를 쪼는 닭들을 들여다보았다.

"넌 귓구녕도 막혔냐?"

나는 엄마를 도와주어야 할 때라고 생각해서 오빠가 알면 난리 나지 않겠느냐며 할머니에게 대들었다.

"계집이라고 지 엄마 편들기는. 갸가 저거 귀찮다고 내다 버리라고 한 지가 언젠데. 여편네가 되어서는 닭 한 마리 못 잡냐? 느 집에선 뭘 가르쳤냐."

당시 엄마의 친정에서는 당구장을 하던 아빠의 직업을 못마땅하게 여기고 있었다. 가게가 망하자 할머니는 친정에서 도움이라도 좀 얻어오길 바랐는데, 외할머니 대신 재정을 관리하던 큰삼촌이 한 푼도 내줄 수 없다며 담을 쳐버리자 비난이 엄마에게로 돌아왔다. 귀한 아들 내주었더니 고마운 줄 모른다는 둥, 인정머리라고는 밥 말아먹은 무식한 집안이라는 둥, 어린 내가 듣기에도 불편한 말들이 밥상머리에서 끊이지 않던 나날이었다.

"시어미 말하는데 대답도 않고 서 있어? 꼬우면 계집애 안고 니 친정으로 가든가. 너 아니어도 이 집 새 식구 될 사람 많다, 야."

나는 엄마가 울지 않을까 싶어 눈치를 봤다. 이따금씩 화장실에서 남몰래 운다는 걸 알고 있었다. 그러나 엄마는 저벅저벅 닭장 앞으로 걸어가 문을 열고 닭을 잡아 들었다. 닭이 발버둥을 치며 엄마의 팔을 할퀴어댔다.

"얼씨구 아주 꼴값을 헌다. 아무튼 애비 오기 전까지 저녁상에 제대로 올려라."

할머니가 방문을 요란하게 닫고 들어갔다.

엄마는 닭을 들고 부엌으로 갔다. 나는 부엌 문턱에 서서 엄마를 쳐다보았다. 오빠가 열심히 지렁이를 잡아 먹인 닭의 힘은 보기보다 만만치 않았는지 엄마는 가랑이 사이에 닭의 몸뚱이를 끼고 깔아뭉개듯 앉았다. 닭의 모가지를 비틀려 애를 썼지만 제 목숨이 끊길 걸 알아챈 닭 또한 만만치 않게 부리를 세워 엄마의 손을 쪼아댔다. 부리에 쪼일수록 손등에는 강단진 힘줄이 섰다. 엄마는 어금니를 물고 입술을 비죽 내밀었다. 닭이 손을 피해 자꾸 모가지를 돌리자 엄마는 닭 목을 쥐고 일어나 개수대에 담겨 있던 큼직한 식칼을 꺼내 들었다. 그러고는 물이 뚝뚝 떨어지는 식칼로 있는 힘껏 닭 목을 향해 내리쳤다. 깡! 부엌 시멘트 바닥으로 칼날이 빗나갔다. 나는 흡, 숨을 멈추었다. 그제야 나를 발견한 엄마가 당황하며 두 손을 휘저었다.

"야야, 거기서 뭐해. 얼른 들어가."

그날 오빠는 닭을 내놓으라고 밤새 악을 써댔다. 엄마는 무표정한 채 아무 말이 없었다.

군자동에는 아파트가 들어서 있다. 나는 기억을 더듬어 문방구가 있던 골목 어귀를 걸었다. 만나는 사람들마다 엄마의 사진을 보여주었다. 사람들은 아리송하다는 얼굴로 고개를 갸웃거리거나 내가 말을 걸기도 전에 바쁜 걸음으로 지나가버렸다. 너무 어렸을 적의 기억 때문인지, 도로며 집들이 몰라보게 변해버린 탓인지 전에 살던 집을 찾아내기가 어려웠다. 정육점이 있던 사거리까지는 겨우 도착했지만 할머니 집으로 가는 길은 도저히 가늠할 수 없었다.

한 시간 남짓 엄마를 찾아다니던 나는 허기를 느끼고 김밥을 한 줄 사 먹었다. 이윽고 속이 든든해지자, 김밥이 싸여 있었던 쿠킹 포일을 힘주어 구겼다.

"아, 이분. 여기서 한참 버스 기다리다가 타고 갔어요. 몇 번이더라. 그거까진 내 모르지."

버스 정거장 앞의 노점상 아주머니의 말이 두번째 단서가 되었다. 엄마의 주머니에 돈이 있었던 걸까. 차라리 버스에서 잠들어 종점까지 도착했으면 좋을 텐데. 하지만 내가 아는 엄마는 무언가를 찾아내기 전까지는 움직이는 걸 멈추지 않는 여자였다.

나는 다시 수첩을 꺼냈다.

용두동

내가 열한 살 때 우리 식구는 용두동에 살고 있었다. 동네 길가에는 포장마차가 늘어서 있고 유난히 철물점이 많았다. 비좁은 골목마다 붉은 깃발이 펄럭이는 점집. 저녁이 되면 진한 화장을 하고 구두 굽 소리를 내며 집을 나서던 어린 언니들. 거적을 두르고 동네에 상주하는 노숙자들이 남녀 할 것 없이 자주 보였다. 우리 집은 다세대주택의 2층이었다. 방 세 개에 화장실이 꽤 넓었던 구조로, 살면서 처음 욕조가 있던 집이라 나는 늘 그곳을 자랑하고 싶어 했다.

그 시절 동네의 모습이 연상되지 않을 만큼 개발이 된 거리를 걸으며 수첩에 동그라미 쳐둔 단어를 중얼거렸다.

"아빠."

엄마는 과연 아빠를 만나러 이곳에 왔을까. 혹시나 하는 마음에 찾아오긴 했지만 어쩐지 내 짐작에는 못 미더운 구석이 있었다. 나는 잠시 멈춰 서서 신발을 벗고 언 발을 주물렀다. 싸락눈은 어느 틈엔가 그쳤다. 학교가 있는 담벼락 아래 길을 지나 왼쪽으로 꺾어져 가는 길목에 국밥집이 있던 자리에는 편의점이 생겼다.

아빠는 당시 고등학교 동창인 친구와 도배 일을 했었다. 손이 빠르고 일처리가 깔끔해서 손님들이 만족스러워한다고 늘 흐뭇한 얼굴로 이야기했다. 일을 마치면 종종 국밥집에 들러 국밥과 순대를 시켜놓고 소주를 마시다가 엄마나 나를 불러내 그날 있었던 이야기를 들려주기도 했다. 신혼부부가 파란색 벽지를 붙이려 하길래 신혼집에는 파란 벽지보다는 다른 색깔이 부부 금실에 좋다고 추천해주었더니 그들이 흔쾌히 결정을 바꾼 일이라든지, 높은 사다리 위에서 휘청거리지 않기 위해서는 몸속 깊은 곳의 중심을 찾고 집중력을 발휘해야 한다든지 하는 얘기를 진지한 얼굴로 설명하기도 했다. 엄마는 술 대신 사이다를 따라놓고 아빠와 짠, 잔을 마주치며 "봐라, 니 아빠 했던 말 또 한다" 하고 깔깔거렸다.

"아유 여편네 웃음소리 한번 방정맞네."

엿듣고 있던 국밥집 아줌마가 실소를 터뜨리며 말하면 엄마는 “그래요?” 하며 또 웃었다. 나는 순대의 간만 열심히 골라 먹었다.

가끔 친구들과 술자리가 길어질 때면 새벽 2, 3시쯤 돌아와 엄마와 말다툼을 하는 날도 있긴 했지만 상갓집 갈 때를 제외하면 아빠가 외박을 하는 일은 없었다.

하루는 엄마가 집을 비운 사이 아빠에게서 전화가 걸려왔다. 신축 빌라의 도배 일이 들어왔다고 했다. 오늘 저녁은 부대찌개를 먹으러 가자고 말하는 목소리는 들떠 있었다. 부대찌개는 좋은 일이 있을 때만 먹는 우리 가족의 특별 외식이었다. 엄마와 나는 아빠가 돌아올 시간에 맞춰 옷을 챙겨 입고 준비를 하고 있었다. 저녁 식사 시간이 지나고 9시가 넘어, 내가 잠이 들 때까지 아빠는 돌아오지 않았다. 자정이 가까워져 선잠에서 깬 나는 아직 아빠가 오지 않았느냐고 물었다.

“온다고 했으니 기다려보자. 기다리라고 한 사람은 꼭 와.”

골목길 어귀를 서성이다 들어온 엄마는 내 등을 다독이며 말했다. 엄마의 두 눈이 누군가 무심히 건드린 시계추처럼 흔들리고 있었다.

10월 21일은 아빠의 기일이다. 사인은 뺑소니였다. CCTV가 있을 리 만무하던 동네였다. 아빠의 존재에 대해 일종의 동경 같은 것을 품고 있었던 나는 텔레비전에서나 나오는 흔해빠진 교통사고 따위로 아빠가 죽었다는 게 믿기지 않았다. 그러나 어린 나의 생각과는 다르게 세상에 특별한 죽음은 아주 드

물었다. 집안을 지키던 아빠의 죽음은 세상이 예사롭게 생각하는 그저 보통의 죽음이었다.

엄마가 웃는 힘의 원천이 아빠라고 생각했던 나는 이제 모든 게 망해버렸다고 생각했다. 오빠가 입버릇처럼 우린 전부 망했다고 말했던 영향 때문이기도 했을 거다. 그러나 엄마는 내가 생각한 것보다 빠르게 웃음을 되찾았다. 그리고 근처 식당의 주방 일을 시작했다. 밤마다 퉁퉁 부어오른 엄마의 손을 보다가 문득 깨달았다. 책이나 텔레비전에서 나오는 불쌍한 가족의 모습은 결코 신파나 거짓이 아니었다는 것을. 매 장면이 우리의 일상이었다. 현실은 뼈저리도록 냉정했다.

용두동 거리를 돌아다니던 나는 뻐근해진 어깨를 돌렸다. 아마 엄마는 아빠를 찾으러 이곳에 오진 않았을 것이다. 그날 저녁 엄마는 분명히 "기다리자"고 말했었다. 그리고 엄마는 자신이 말한 걸 어길 사람이 아니다.

멈추었던 눈이 굵은 눈발이 되어 다시금 내리기 시작했다. 벌써 사방이 어스름해졌다. 콧물을 훌쩍이며 뿌연 입김을 내뱉었다. 수첩을 열어보지 않아도 다음에 찾아가야 할 장소는 알고 있었다.

청량리

웬만한 일엔 너그럽게 넘어가는 엄마도 단 한 가지 엄하게 금지하는 게 있었다. 집에서 10분 거리인 청량리 뒷골목을 지나는 일이었다. 열여섯 살의 나는 친구들과 밸런타인데이 날 남자 친구에게 줄 초콜릿을 고르러 롯데 백화점의 지하 베이커리에 간 적이 있다. 값이 비싸긴 하지만 동네 빵집보다 고급스러운 초콜릿이 많았다. 롯데 백화점에 가는 지름길은 청량리 뒷골목의 588 골목을 지나는 길뿐이었다. 사실 우리가 그곳으로 간 건 길이 빨랐던 것 때문만은 아니었다. 갖가지 머리 색깔을 하고 젖가슴이 비치는 옷차림에 배를 드러낸 언니들이 담배를 피우는 걸 구경하고 싶었다. 그들은 가끔씩 대낮에도 창틀을 잡고 서서 지나가는 남자들을 향해 호객 행위를 했다. 우리는 학교 선배 중에 퇴학당한 누구누구가 그곳에서 일을 하고 있다는 소문이 진짜인지 궁금했다. 훤히 비치는 유리문 안에 들여다보이는 어두운 복도의 작은 방 안에서 일어나는 일들을 엿보고 싶어 미칠 지경이었다.

친구와의 전화 통화를 엿들은 엄마는 내가 청량리 뒷골목을 지나다녔다는 사실을 알고 주먹으로 멍이 들도록 나를 두드려 팼다.

“그 더러운 델 어디라고 가!”

“더럽기는. 그러는 이 집은 뭐가 깨끗해서?”

천장에 누군가가 싸 갈긴 오줌 자국처럼 번진 곰팡이를 올려다보며 나는 바락바락 성질을 냈다. 허벅지와 등짝을 얻어 맞으면서도 절대 용서를 빌지 않았다. 오빠가 군대에 입대한 이후로 이상하리만치 나에게 집착하기 시작한 엄마가 성가셨다. 얼굴을 맞대면 사소한 트집을 잡아 싸우기 일쑤였던 엄마와 나였기에 당시엔 좁아터진 반지하 방 안에서 마주치는 것만으로도 속이 답답했다. 게다가 무엇보다 한심하게 여겨졌던 건 오빠에 대한 엄마의 태도였다.

휴가를 나올 때마다 엄마가 모아둔 돈을 몽땅 긁어다가 밖에 나가서 술에 떡이 되어 새벽녘에 들어오는 오빠를 엄마는 마치 상전 모시듯 대했다. 오빠는 엄마가 말을 걸기라도 하면 벽이며 이불을 신경질적으로 걷어찼다.

"아, 시끄러! 잠 좀 자자고."

그러면 엄마는 재깍 입을 다물었다. 그런 엄마에게선 친할머니의 모습이 보이는 듯도 했다.

늘 제 입에 들어가는 것만 신경 쓰기 바쁜 이기적인 오빠는 어릴 때부터 친구가 별로 없었다. 고등학교 시절에도 따돌림을 당한 게 분명한데 집에서는 마치 꽤 노는 친구들과 힘 좀 쓰며 지내는 척 허세를 떠는 게 우스웠다. 그런 성격의 오빠가 군대에서 무사히 버틸 리 만무했다. 일병 때였던가. 걸려온 전화를 받은 엄마가 허둥지둥 옷을 챙겨 입었다.

"오빠가 탈영했단다. 빨리 복귀 안 하면 영창 간댄다."

나는 누워서 텔레비전 채널을 돌렸다.

"그래서? 찾으러 가게? 어딨는 줄 알고?"

"군대 동기들이 그, 누굴 좀 만나러 간다 했다더라."

"누구?"

청량리 역사가 말끔히 정비된 지도 몇 년이 흘렀을까. 뒷골목에 선 나는 눈발이 스쳐 따가워진 손목을 긁었다. 붉은색으로 화려하던 거리는 황량했다. 유리문들이 있던 자리에는 커다란 식당 체인점이 들어서 있었다. 늘어서 있던 노점도 하나 보이지 않았다. 구청장이 바뀐 뒤로 몇 년에 걸쳐 거리를 싹 뒤집어엎었다더니, 꼭 처음 와보는 곳처럼 낯설었다.

"미희라는 아가씨 알아요?"

엄마는 588 길목에서 리어카에 어묵을 파는 아줌마한테 만 원을 쥐여주며 물었다. 아줌마는 돈을 받고도 한동안 어묵 국물을 국자로 휘저었다. 그러고는 잠깐 기다려보라며 골목 안의 또 다른 골목으로 들어갔다. 껄렁해 보이는 남자 둘이 엄마와 내 주변을 어슬렁거리며 휘파람을 불었다.

얼마 있지 않아 노랑머리의 아가씨가 나왔다. 수술이 달린 까만 브래지어에 사타구니 골이 보일 정도로 짧은 청바지 차림이었다. 한 남자가 옷도 제대로 추슬러 입지 않은 오빠를 끌고 나왔다.

"그렇잖아도 이 새끼 칙칙이 뿌려가지고 내쫓을라 그랬어요.

자식 교육 좀 잘 시켜요."

여자가 바닥에 침을 뱉으며 말했다.

"미희야, 잠깐 얘기 좀 하자."

등신 같은 오빠가 아가씨의 팔을 흔들며 말했다. 주변을 어슬렁거리던 남자들이 다가왔다.

"새끼야, 안 놔?"

"아저씨 잠깐만요."

엄마가 다급히 남자들을 만류했다. 엄마는 주머니에서 흰 봉투를 꺼냈다. 그러곤 두 손으로 노랑머리 아가씨에게 내밀었다.

"이거 받아줘요, 아가씨. 그리고 내 아들. 여기 좀 절대 못 오게 도와줘요. 네?"

남자가 노랑머리 아가씨의 손에 들린 봉투를 낚아채 안을 들여다보았다. 두 남자는 눈짓을 주고받더니 오빠의 정강이를 발로 걷어찼다. 오빠가 신음을 내뱉으며 바닥에 주저앉았다.

"씹새야, 효도하며 살어. 니 엄마 불쌍하지도 않냐?"

"아주머니, 이 새끼 여기 발 들이면 아주 좆을 잘라버릴 테니까 걱정 마셔요."

남자 둘이 엄마에게 오케이 손짓을 해 보였다. 나는 그들의 손에 들린 두툼한 흰 봉투를 한참 동안 쳐다보았다. 동네 아저씨한테 급히 일수를 써 빌린 돈이었다. 저 오빠라는 새끼는 일수라는 게 뭔지 알기나 할까, 하는 생각이 들었다.

"고맙습니다, 선생님. 가자, 동혁아. 엄마랑 기차 타고 같이 가자."

나는 그길로 돌아서서 홀로 집까지 걸어왔다.

전역을 한 뒤로 오빠는 전문대를 휴학하고 미희라는 아가씨와 함께 집을 나갔다.

그리고 석 달도 채 지나지 않아 돌아왔다.

나이가 든 후 엄마는 잊을 만하면 그 얘기를 꺼냈다.

"나쁜 계집애. 내 그때 잡아서 혼내주지 못한 게 한이다."

그러고는 깔깔 웃었다. 세월이 지남에도 엄마의 웃음소리만은 변하지 않았다. 옆 사람의 어깨를 두드리는 손힘의 세기마저도. 그때마다 나도 피식 웃었다. 혼내주기는커녕 그때 엄마는 어린 아가씨 앞에서 무릎이라도 꿇을 것 같은 모습이었다고, 차마 말을 할 수는 없었지만. 노랑머리 아가씨가 가게에서 나오기까지 주머니 속의 봉투를 만지작거리던 엄마의 얼굴은 그녀에게 버림받았을 때 오빠가 지은 표정과 다를 바가 없었다.

현재 엄마의 기억은 말끔해진 청량리의 뒷골목에서 끊겼을 것이다. 오빠가 가출한 뒤 엄마는 노랑머리 아가씨를 찾아 몇 날 며칠을 헤맸지만 골목 사람들은 묵묵부답이었으니까.

나는 하릴없이 청량리 뒷골목과 역사 주위를 몇 바퀴 돌았다. 백화점과 이어진 역사 안의 로비에 앉은 사람들을 하나하나 살폈지만 엄마는 없었다.

밖으로 나왔을 때는 사방이 어두웠다.

그사이 제법 눈이 쌓인 광장에서 사람들이 담배를 피우고 있었다. 나는 화단에 걸터앉아 가로등 불빛 아래에서 수첩을 펼쳐 보았다.

수첩의 마지막 목록에 적혀 있는 글씨를 장갑 끝으로 문질렀다.

나.

마지막 목록에 씌어져 있는 건 나다. 나는 눈을 감고 한쪽 다리를 달달 떨었다. 엄마는 아픈 이후로 나에 대해 너무 많은 이야기를 해왔다. 엄마의 말에 따르면 살아오며 나를 찾고 싶었던 순간은 셀 수 없을 지경이었다. 도대체 어디부터 되짚어봐야 할지 감이 오질 않았다.

대학 시절 나이트에 갔던 날, 웨이터가 가방을 미끼로 내보내주질 않는다는 나를 찾아 종로 시내의 나이트를 뒤졌던 일. 편지 한 장을 남겨놓고 애인과 함께 동거를 하겠다며 집을 나갔던 일. 그와 헤어지고 술에 취해서 한강 다리 앞에 주저앉아 여기가 어느 다리 위인지 모르겠다고 전화를 걸었던 일. 첫아이를 낳고 한 달도 미처 지나지 않아 산후 우울증으로 도망치듯 엄마에게 아이를 안겨둔 채 집을 나갔다가 돌아올 차비가 없다고 전화를 걸었던 일. 나는 집을 나설 때면 엄마에게 습관처럼 말하곤 했다.

"걱정하지 말고, 기다리지 말고 있어."

엄마는 기억 어디쯤에 있는 나를 찾아 헤매고 있을까.

너무 오래 걸었다. 잠시만 쉬었다가 다시 생각하자. 나는 몸을 움츠렸다.

지금, 여기

"왜 그게 내 탓이야?"

"문 잘 잠그고 나오라고 했잖아."

"이것저것 챙기느라 정신이 없었다고요."

"아빠, 왜 누나한테 그래요."

나는 천천히 눈을 떴다. 낮은 칸막이 너머로 낯익은 목소리가 들려온다.

"그러게 이제 병원에 보내드리자니까요. 그게 엄말 위한 거예요. 저러다 정말 무슨 일이라도 나면 어떡해요."

딸의 목소리다.

"이제 외할머니도 돌아가셔서 엄마 돌봐줄 사람도 없는데. 무슨 대책 있어요?"

"돌아가신 게 어젠데 벌써 저러니……"

"그래. 자네도 슬슬 결정을 해야지. 효정이 시집갈 때도 되었는데. 차라리 모친이 병원에 있다고 말하는 편이 시댁 보기에도 좋지 않겠나."

오빠가 말한다.

"에그, 쉰넷이면 한창인데 벌써 치매가 와서 어째. 그래도 제 엄마 살아 있을 땐 노인네가 딸내미라고 옆에 붙어서 씻고 먹이기나 했지. 지 혼자선 아무것도 못 하잖아."

누구더라.

"오늘만 해도 그래. 못 찾았으면 그대로 청량리 바닥에서 얼어 죽었을 거 아니에요? 한겨울에 잠옷에 슬리퍼 바람으로 돌아다니다가 쓰러졌다는데."

"아니, 갑자기 밖엔 왜 나간 거야? 거기까진 또 왜 갔다니? 쯧쯧."

"우리가 정신 나간 사람 속을 어찌 아나."

방바닥이 따뜻하다. 나는 담요를 걷어내고 자리에서 일어선다.

"어이구, 깼어?"

상복 차림의 남편이 칸막이 건너편에서 나를 발견하고 다가온다. 나는 비척비척 걸어 바닥으로 내려선다.

"에그, 안됐어. 우울증 걸렸을 때 치료를 잘했어야 하는데. 혹 유전은 아니라니?"

"말조심해요, 고모!"

나는 뜨끈한 방바닥에 무릎을 꿇고 앉는다.

"여보 정신이 좀 들어?"

남편이 묻는다. 나는 주름진 손을 내려다본다.

그러고 보니 엄마는 내가 엄마를 찾을 때마다 늘 거짓말처럼 나타나고는 했었다. 그러곤 말없이 내 옆에서 함께 걸어 집까지 돌아왔다. 처음엔 나와 비슷한 눈높이에서, 시간이 지날수록 몸이 굽어 나보다 낮은 어깨 근처에서.

하지만 오늘은 내가 먼저 엄마를 찾았다.

향불 너머 흰 국화꽃 사이에 엄마의 사진이 놓여 있다.

해설

사회적 문제를 설화화하는 일의 의미

정과리
(문학평론가)

전아리 소설의 특별한 인상은 그가 다룬 이야기가 강력한 설화적 분위기를 풍기고 있다는 것이다. 마치 김동리의 「황토기」나 황순원의 「독 짓는 늙은이」를 읽을 때처럼 '독' 안에 가두어진 비밀한 이야기를 듣는 듯하다.

그러나 이 젊은 작가가 다루는 세계는 전설에도 동화에도 낭만에도 연결되어 있지 않고 지금, 이곳의 생생한 현실 그 자체다. 이 현실은 세대별로는 청소년에서 오십대의 중년을 거쳐 사망 직전의 노인의 생활까지 아우르는 폭을 가지고 있으며, 시공간적으로는 불균등 발전으로 얼룩진 21세기 한국 사회에 정확히 조응하고 있다.

이러한 현실성에도 불구하고 소설은 사회적 현실의 객관적

재현을 목표로 하지 않는다. 그보다 소설의 탐침은 심리적 동굴 속으로 향한다. 그 동굴은 차라리 '지옥'이라고 해도 좋을 것 같은데 왜냐하면 그 안에서 매우 잔혹한 사건들이 자행되고 있기 때문이다.

「뱀」의 '소년'과 '소녀'는 독사를 어른들의 방과 가방 안으로 집어넣고, 「공이 울리면」의 주인공은 피가 낭자한 도박 격투기에 빠져들며, 「잉어」는 "서슬 퍼런 칼끝에서 잉어 배가 갈라"져 "붉은 피가 스며 나오는가 싶더니 〔……〕 왈칵 내장을 쏟아"(p. 66)내는 잉어를 묘사하고, 「당신과 당신의 당신」은 성매매 해외 관광을 다루며, 「전원 일기」는 개를 사육하며 보신탕 영업을 하는 가족을 조명한다. 「던전」은 컴퓨터 게임의 코인수집가로 사육당하는 가출한 아이의 이야기이다. 「닭장 앞의 오후」는 납치된 보육원 아이 이야기이며, 「겨울 나들이」에선 이른 나이에 치매에 걸린 여인이 그의 엄마를 찾아 헤맨다.

이 이야기들은 그 양태는 사뭇 다르지만 정황, 심리, 사건 등의 극단성에 의해서 독자를 심한 감각적 흥분 상태로 몰고 간다. 하지만 이런 기술(記述)의 세기가 말 그대로 자극의 취향에 있는 것은 아니다. 앞에서 말했듯 이 이야기들은 근본적으로 사회적 주제를 다루고 있다. 다만 사회의 현상을 객관적으로 묘사하는 게 아니라 그에 대한 심리적 반응에 초점을 맞추고 있다. 한데, 이 소설들은 단지 심리적 상태를 기술하는 데서 그치지 않는다. 오히려 이 심리적 반응은 곧바로 행동으로 번

역되어 다른 층위에서의 사회적 사건들을 만든다.

가령 첫번째 작품 「뱀」을 예로 들어보자. 이 작품은 현대 한국인의 건강에 대한 집단적 집착 현상을 배경으로 놓고 있다. 이 집착 현상 자체가 한국 사회의 급속한 경제성장에 대한 심리적 반응이다. 이 심리는 천민적 방식으로 축적된 부와 부의 축적이 한국인들에게 유발한 '자기 가꾸기'(장수, 자존감, 잘생긴 용모 등의 세부 항목을 포함하는)에 대한 과도한 욕망으로 이루어진다. 그런데 작품은 이 욕망을 사회적 배경으로 환원하면서 이 배경에서 도출되는 개인의 심리 상태와, 다시 그로부터 유발되는 개인 행동을 묘사하는 데 집중되어 있다. 이 방식을 통해서 사회적 문제가 상황/사건의 양면을 가지며 각각의 면에 사회/개인이라는 주격이 할당된다. 그러나 '소년'과 '소녀'가 벌인 행위, 즉 독사를 남자가 잠든 방에 흘려 넣거나 뱀이 여자의 가방에 들어가는 것을 방치하는 행위는 곧바로 사회적 사건으로 변환된다. 살인 행위이기 때문이다. 굳이 후속 얘기가 없더라도 독자에게 그것은 이미 사회적 사건이다.

두번째 작품, 「공이 울리면」은 소재와 주제상으로는 정반대의 방향에서 출발하고 있으나 그 역시 유사한 형태적 기반을 갖추고 있다. 이 작품은 블루칼라 자유직으로서의 프로 복서의 궁핍을 배경으로 깔고 있다. 그런데 작품의 초점은 생존의 위기에 내몰린 프로 복서의 극단적인 선택에 맞추어진다. 도박 격투기로 빠져든 주인공-화자는 이 선택의 극단화에 의해서 사회 바깥으로 튕겨져 나가는 듯하다. 그러나 이러한 행위 자체가 사회적 네트워크의 한 주변부에 지나지 않는다는 것을 작가는 화자의 입을 빌려 예리하게 암시한다. 생각해보라.

> 체육관은 1년에 두세 번 회식을 했다. 잘린 채 입을 뻐끔대는 광어 대가리가 구슬프게 바다를 찾거나 말거나 맞은편 자리 박코치는 회를 집어 먹기에 여념이 없었다. (p. 38)

와 같은 기술이 왜 필요하겠는가? 주인공의 선택은 나의 생존을 위한 것이지만 동시에 체육관의 운영을 위해 행해지는 것이다. 그 안에서 나는 겨우 "잘린 채 입을 뻐금대는 광어 대가리"에 지나지 않지만, 화자만이 그것을 무의식 속에서 감지할 뿐 체육관은 그저 무심하다. 이어지는 "구슬프게 바다를 찾거나 말거나"는 그래서 나온다. 그러니까 이 작품의 기본 형태도 사회적 문제가 상황/사건으로 분리되어서 사회/개인으로 할당되었다가 다시 사회/사회로 변환된다.

생각해보면 상황→사건, 사회→개인으로의 변환은 새삼스러운 게 아니다. 소설이 사회적 문제의 전형성을 개인의 실존적 삶을 통해서 구현하려고 하는 한, 당연한 프로토콜에 해당할 것이다. 그러나 이런 방식의 기술의 한계에 대해선 충분히 논의된 바가 있다. 이런 글쓰기에서 개인의 사건은 사회적 일반성의 반영이거나 집약된 양상으로 간주된다. 소위 '전형'이라든지 '집약적 전체성'이라는 용어들이 가리키는 것이 그것이다. 이런 형상화 방식, 더 넓혀 이러한 인식 틀은 세계 내 존재들의 개개의 삶을 추상적인 일반형으로 환원시킴으로서 생생한 실존을 형해화시킨다(그러면서도 그런 일반화를 '구체적 총체성'이라는 이름 아래 권장했다는 것이 지난 세기의 희극이라 할 것이다).

지난 25년여의 시간대에서 작가들은 그런 유의 형상화에 반발하면서 개인들 저마다의 고유한 삶으로 회귀하였다. 그 추세는 다방면으로 확산되었고 많은 독자들의 호응을 얻었다. 은희경의 『새의 선물』(문학동네, 1995)처럼 자기 인생의 독자성을 공공연히 내세운 경우에서부터 성석제가 유별난 인생들의 활약을 현란하게 표현한 것이나 김영하가 『나는 나를 파괴할 권리가 있다』(문학동네, 1996)나 『검은 꽃』(문학동네, 2003)에서 '개인'의 오롯한 실존을 추구한 일을 거쳐 김훈이 『칼의 노래』(생각의 나무, 2001)에서 빚어낸, 역사와 정치 안에서 온전한 저항자로서 남는 개인의 '이념학'에 이르기까지 1990년대 이후의 한국 소설은 사회를 탄성판으로 해서 '자아'를 돋보이게 한다는 점에서 한결같은 모습을 보여주었다. 우리는 이 두 경향을 다음과 같은 도식으로 간단히 표시할 수 있다.

1987년 6월 항쟁 이전의 지배적 경향: 반영론(사회 → 개인)

6월 항쟁, 그리고 1988년 서울 올림픽 이후의 지배적 경향:

표현주의(사회/개인)

전아리 소설의 기본 형식은 위 두 경향에 모두 반대한다. 그는 사회로부터 개인을 이끌어낸 뒤, 그로부터 이탈시키고, 다시 그 개인을 사회로 변형시킨다. 그 연산식은 다음과 같이 표현될 수 있다.

사회 〉개인 〉사회 ≅ 사회 ∠ 사회

사회의 상황은 개인의 실존적 삶으로 현상되는데, 개인의 의식은 그 사회적 상황에 반발해 반사회적 행동이나 극사회적 행동으로 나아간다. 이로써 개인은 사회로부터 일탈한다. 그러나 이 개인의 일탈적 행동은 다시 사회로 투영되면서 또 하나의 사회적 상황으로 변형된다.

이 새로운 형식이 전아리에게서 시작된 것은 아니다. 이미 그런 경향이 서서히 일어나기 시작했고 전아리의 소설 역시 그 흐름에 동참하고 있을 뿐이다. 이 새로운 경향은 개인화가 절정에 다다른 지점에 슬그머니 싹을 내밀고 이곳저곳에서 산발적으로 피어나기 시작했다. 당시의 지배적인 조류인 사회로부터 개인의 '탈출화'가 세상의 변화에 작용할 수 없다는 자각이 몸의 차원에서 스멀거리기 시작했던 것이다. 사회적으로 그런 느낌은 2004년의 '노무현 대통령 탄핵' 사태 때부터 뚜렷해졌다. 문학적으로도 2004년 즈음이다. 김영하의 『오빠가 돌아왔다』(창비, 2004)에 수록된 「너를 사랑하고도」는 탈의실에서 벌거벗은 채 나온 여인의 사고를 상징도로 해서 '적나라한 생'의 참혹한 '모멸감'(해설을 쓴 김태환의 용어를 빌리자면)을 날카롭게 부각시킴으로써 이미 「엘리베이터에 낀 남자는 어떻게 되었나」(『엘리베이터에 낀 남자는 어떻게 되었나』, 문학과지성사, 1999)에서부터 발동된 개인적 생의 무기력과 굴욕성에 대한 느낌에 강력한 밀도를 부여하였다. 그 무기력과 굴욕성을 자아내는 요인은 바로 개인이 개인들로 확대되면 하나의 '사회'를 이루고 개인을 감시하는 억압적 그물이 형성된다는 데 대한 섬세한 감수성의 포착이었다.

개인이 곧 사회를 이룬다는 느낌은 서서히 진행되면서 사회의 복귀를 요청하게 되었다. 한데 그 사회는 출발점의 사회와는 다른 것이었다. 처음의 사회가 제도로서의 사회라면 이제 새롭게 형성될 사회는 개인들이 모여 이루는 사회, 즉 사람들이 자신과 상대방의 이익들 사이의 충돌과 협력을 조율해가면서 이루는 사회, 즉 관계로서의 사회였다. 두 사회 사이에는 근본적인 변화가 있었으니, 앞의 도식은 다음과 같이 표현해야 더 정확할 것이다.

사회 〉개인 〉사회 ≅ 사회(1) ∠ 사회(2)

그리고 두번째 사회가 그 본래적 정의에 걸맞는 것이다. 왜냐하면 근대적 의미로서의 사회는 무엇보다도 '천부인권을 가진(가졌다고 전제된) 존재들의 계약의 공동체'[1]이기 때문이다. 그런데 후발국에 근대 사회가 성립되는 과정에서 강제성이 개입하다 보니 미리 확정된 권력에 의한 '기구화'된 사회가 먼저 들어섰던 것이다. 그렇게 기구화된 사회의 정치적 장치에 한국인들은 아주 오랫동안 고통받았으며, 동시에 그에 대해 항거하다가, 1987년 6월 항쟁과 더불어, 그런 사회와 결별할 수 있는 기회를 맞이했다. 그 결별이 우선 개인들의 해방으로 나타난 것은 지극히 자연스러운 일이었다. 한국인들은 해방된 개인으로서의 자기 존재를 10여 년 이상 말끔히 누렸다. 2002년 '한일 월드컵'이 절정이었다. 그러나 동시에 그 절정은 개인들이 마냥 난만히 흐드러지게 핀 존재들로서가 아니라 일정한 사회를 이룸으로써 공동체의 원리를 만들고 이익과 권력을 쟁취한다는 것을 암시한 순간이기도 하였다. 상당수의 지식인들은 그런 사정을 거의 알아차리지 못하였으나 현실은 이미 그렇게 흘러가고 있었다. 이 새로운 사회에는 단순히 해방된 개인들이 아니라 자기 이익과 권력에의 욕망으로 들끓으며 내 옆의 타인들이 또한 그렇다는 것을 감지하는, 지구상의 일반적 생명들의

---

1) 이에 대해 가장 명료한 이해를 제공한 책은, 루이 알튀세르Louis Althusser, 『몽테스키외, 정치와 역사Montesquieu, la politique et l'histoire』, Paris: PUF, 1992(초판: 1959)이다.

본능에서부터 시작하여 서서히 진화해온 지적 생명체들이 서식한다. 바로 그들로부터 욕망과 계약의 한없는 조합의 파노라마가 펼쳐진다.

이 한없는 조합의 스펙트럼은 말 그대로 한없이 넓다. 내가 방금 "상당수의 지식인들은 그런 사정을 거의 알아차리지 못하였"다고 말한 것은 이 새로운 사회에 대한 인식과 묘사가 처음에는 저급한 수준에서 출현했기 때문이다. 그것들은 현실의 부당성에 분노한 개인들의 비명이나 고함, 그리고 현실의 악을 유사하게 흉내 내는 복수극의 수준에서, 통속소설이나 폭력이 난무하는 영화들을 통해 나타났다.

그리고 그런 수준의 문화적 반응은 꽤 오랫동안 이어졌으며, 심지어는 더 격화되어갔다. 그 와중에 터진 향락의 불균등 배분에 관한 식자들의 문제의식 역시 엇비슷한 수준에서 제기되었다. 그렇다는 증거는 그 문제 제기가 작가들이 불균등 배분에서 손실을 본 사람들의 처지에 자신들을 동일화하는 방법으로 나타났다는 데에서 비어져 나온다. 글 쓰는 순간의 작가는 현실적 존재들 바깥에 있고, 또한 있어야 한다. 바깥에 있다는 것은 현실 내에서 갈등하는 존재와 경향 들 모두를 공평하게 다루어야 한다는 의미에서이다. 따라서 '바깥에 있어야 한다'고 말하긴 했지만 좀더 엄격하게 정의하면 '그 모두를 포괄해야 한다'라고 해야 할 것이다. 즉 그 갈등적 항목들에 대해 공평하게 감응하는 혹독한 수고를 치러내야만 작가는 문제들의

'진상'에 다가갈 수가 있고, 그 다가감을 통해서 극복의 길들을 암시할 수가 있는 것이다. 작가들이 무람없이 현실 속의 '무구한'(그러니까 무구하다고 전제된) 존재들에게 동화되는 것은 세계에 대한 이해를 망치는 일일 뿐 아니라 자기기만mauvais foi에 속한다. 작가는 결코 그들이 아닌 것이다. 그런데도 한국 작가들은 오랫동안 불의에 맞서 희생자들의 편에 선다는 명목으로 편의적으로 그들과 동화됨으로써 정서적 만족을 구했던 것이다.

그러한 사정은 세월호 사건에 대한 분노에서 절정에 달했다가 한국 문학 시장의 몰락과 각종 스캔들이 터지는 가운데 불수의적으로 가라앉으며 객관적인 성찰의 방향으로 조금씩 움직이고 있다. 나는 최근 박민정의 『아내들의 학교』(문학동네, 2017)에서 그 성찰이 한 단계 격상한 것을 보고 매우 반가운 느낌에 사로잡힌 적이 있다.[2] 그 느낌은 그의 소설들이 앞 문단에서 서술한 지난 10여 년의 새 사회 인식의 자가당착을 정면으로 마주하면서 동시에 반대 방향의 현실 인식조차도 똑같이 반성의 저울 위에 놓을 줄 아는 안목에서 기인하였다. 이러한 성찰이 좀더 심화되면 지금까지 무의식적으로 혹은 무자각적으로 열린 사회적 지평에 의식적 구성의 시도가 가능해져서

2) 그런데 나와 함께 책을 읽는 주위분들은 특별한 생각을 표하지 않으면서도 내 의견에 쉽게 동의하지 않았다. 어떤 분은 작가의 이국 취향에 대해 거부 반응을 보였다. 이 반응들은 내게 좀더 숙고할 시간을 가지게끔 하고 있다.

그 지평을 참된 사회를 위한 토론의 마당으로 개간할 수 있으리라고 짐작해본다.

그러나 이런 사회적 효용성에 대한 기대는 미학적 풍요화에 의해 뒷받침될 때만이 깊이를 얻을 수 있고 깊이를 얻을 때만이 토론의 장으로서의 사회적 지평에 세계의 실체가 익어가는 세계관들의 체내화 과정을 전개시킬 수 있다. 미학은 궁극적으로 세계를 몸의 수준에서, 즉 실체화의 양태로 제공하는 데에서 성취된다. 몰리에르는 '인간 본성nature humaine'에 따라 그린다는 원리를 결코 포기한 적이 없는데, "자연에 따라 그린다"는 이 대원칙이 탐침한 저 '자연', 즉 본성은 당대의 편협한 이론가들이 요구한 것처럼 '이성'에 합치되는 것이 아니라 오히려 이성을 넘어 광기까지 싸안고 있는 것으로서, 몰리에르는 당대의 지배 원리의 용어에 빗대어 그 용어가 품고 있는 훨씬 넓고 심오한 실재적 세계를 드러내는 마술을 연출했던 것이다.[3)]

전아리의 작품들이 비슷한 성찰의 격상을 다른 방향에서 접근하는 것은 바로 그 점에서 유의미하다. 그의 작품들이 개인 - 사회 관계의 세번째 경향, 즉 '사회 〉 개인 〉 사회 ≃ 사회

---

3) 이에 대해서는 이인성, 『축제를 향한 희극 — 몰리에르에 관한 한 연구』(문학과지성사, 1992)의 제1장 「얼굴 없는 광기」를 참조하길 권한다.

∠ 사회'의 범례를 제공하고 있다는 것은 이미 말했다. 그런데 그 개인의 사회화는 전아리에게 있어서 심리적 극단성을 동반하면서 기묘하게 설화적으로 변용된다. 여기서 설화적이라는 말은 무엇을 뜻하는가?

신화에 대한 시각에 통찰을 제공했던 막스 뮐러에 의하면, 신화는 무엇보다도 "언어적 변형"의 산물이다. 그는 종래의 신화에 대한 관점을 다음과 같이 요약한 후:

> 누군가는 신화란 역사가 우화로 변한 것이라고 한다. 또 다른 사람들은 우화가 역사로 변한 것이라고 한다. 어떤 사람은 신화 안에서 고대의 시적 언어로 발화된 도덕 철학의 계율들을 발견한다. 또 어떤 이는 그 안에서 거대한 자연의 형식과 권능들, 특히 태양, 달, 별들, 낮과 밤의 변화, 계절들의 순환, 되풀이되는 연도들을 보며, 그것들이 옛 시인과 현자 들의 생생한 상상력에 투영되었던 것을 일깨운다.[4]

이 막연한 추정들을 간단히 부정하면서, 무엇보다도 신화는 언어의 사건임을 증명한다. 가령 아폴론의 사랑에 쫓긴 다프네의 신화를 예로 들어, 다프네가 어머니 대지(大地) 신에게

---

4) Max Müller, "On the philosophy of mythology", in ed. Jon R. Stone, *The Essential Max Müller: On Language, Mythology, and Religion,* Hampshire & New York: Palgrave Macmillan, 2002, p. 146.

구원을 청하자 대지 신은 그녀의 청을 받아들여 그녀를 감추어 주었고 그녀를 월계수로 변형시켜준 일에 대해 다음과 같이 설명한다.

> 다프네는 그리스어로 월계수를 뜻하므로 다프네의 변형은 충분히 설명이 된다. 그런데 다프네는 누구인가? 이를 알려면 우리는 어원에 의존해야 한다. [……] 다프네는 산스크리트어 Ahanâ로 소급되는데, 산스크리트 Ahanâ는 '새벽'이라는 뜻이다. 우리가 이걸 알게 되자마자 모든 것은 명료해진다. 아폴론과 다프네의 이야기는 그저 모두가 매일 보는 것에 대한 묘사일 뿐이다. 먼저 동쪽 하늘에 여명의 출현이 있다. 그다음 해가 마치 제 신부를 쫓듯이 떠오른다. 그러고는 태양의 불타는 광선에 쪼이면서 여명은 서서히 가라앉고 마침내 그의 어머니, 대지 신의 무릎 안에서 죽거나 사라진다.[5]

뮐러의 이 설명은 설화가 언어의 사건이라는 것을 명쾌히 보여준다. 그러나 그럼에도 불구하고 나는 그가 부정한 관념적 해석이 부인될 것은 아니라고 생각한다. 왜냐하면 이런 언어를 통한 신화화가 필요한 이유에 대해서는 이 설명이 답을 주지 못하기 때문이다. 오히려 우리는 그가 부정한 '추정'들을 그의

5) *ibid.*, p. 157.

해석에 통합시켜야 하리라. 이 언어적 사건이 궁극적으로 '은유'를 통한 만물 조응의 원리를 실행하고 있다면 이는 궁극적으로 하나의 사건을 공동체의 역사(役事)로 만들고자 하는 의지 속에서 움직이고 있다고 보아야 하기 때문이다. 물론 그 공동체의 역사가 무엇인지에 대해 한없이 다양한 견해가 있으리라는 것을 전제하고서 하는 말이긴 하지만.

전아리의 방향은 그러니까 '의식적 성찰'의 정반대의 방향이다. 내가 박민정의 『아내들의 학교』에서 의식적 성찰의 격상을 보았다면 전아리의 소설들은 사회적 육체의 격상을 꿈꾼다. 현대의 소설가들은 옛 신화의 언어적 사건이 어원에 의존했던 것과 다르게 강력한 도구를 가지고 있다. 바로 비유로서의 '은유'이다. 유사성에 근거한 통일을 실행하는 것, 그것이 바로 은유인 것이다. 어원 추구와 달리 은유는 어휘에 집착하지 않는다. 형상, 소리, 냄새 등 모든 것들이 '언어'로 환원되는 순간 은유의 질료로 변환된다.

그가 어떻게 은유를 실행하는가를 보라.

전아리의 설화적 분위기는 줄거리와 묘사 들 사이의 조응, 좀더 전문적인 용어로 말하면 기능단위와 징조단위 들의 상관성을 통해서 부풀어 오른다. 가령 이런 대목에 멈추어보자.

> 신혼 시절 세 들어 살던 집 마당에는 살구나무가 한 그루 있었다. 아침이면 나뭇가지 사이로 눈부신 볕이 스며들었다. 날이

더워지면서 노란 살구 알들은 아내의 배처럼 부드럽게 부풀어 올랐다. 벌레가 너무 많아요. 살구나무를 바라볼 때마다 아내는 얼굴을 찌푸렸다. 한여름이 되자 흙바닥 곳곳에 나무에서 떨어진 벌레들이 기어 다녔다. 마당에 널어놓은 빨래와 장독대 위에도 벌레가 붙어 꿈질거렸다. 아내의 입덧이 심해졌을 무렵, 주인집에서도 더 이상 못 견디겠던지 나무를 베어버렸다. 채 익지 않은 살구 알들이 마당 위로 떨어졌다. 마당을 넘실거리던 나무 그늘은 사라지고 사람 골반을 닮은 형태의 그루터기만 남았다. 바닥의 열매는 주인집 아이들의 신발 밑에서 으깨지며 묽은 즙을 쏟아냈다. (p. 36)

「공이 울리면」의 한 대목이다. 이 작품의 기본 줄거리는 임신한 아내를 둔 가난한 권투 선수가 생계를 위해 도박 권투에 빠져든다는 것이다. 이 기본 줄거리에 위의 에피소드가 곁들여 있다. 이야기의 줄거리와는 직접적인 연관이 없다. 요컨대 불필요한 것이다. 그러나 이 '살구나무' 에피소드는 아내의 임신으로 인한 주인공 가족의 생존의 불안에 대한 암시로서 기능한다. 그것을 "노란 살구 알들은 아내의 배처럼 부드럽게 부풀어 올랐다"는 대목이 매개하고 있다. 매개하되 '부드럽게'라는 수식어를 통해서 자연스런 분위기인 듯 위장해 그 연결의 느낌을 최대한도로 낮추고 있다. 그러나 실제 이 연결은 재앙적이다. "벌레가 너무 많아요"라는 찌푸린 아내의 말은 임신의 불안을 가중시킨다. 이 불안은 그런데 임부의 육체적인 불안이 아니다. 그것은 바로 사회적 위치의 추락에 대한 암시이며 곧바로 이웃들에 의해 닥쳐들 것이다. "주인집 아이들의 신발 밑에서 으깨지며 묽은 즙을 쏟아내"는 살구 알들의 모습은 그런 재앙에 대한 예감을 예방주사를 놓듯 주입시킨다.

이 과정을 통해서 한물간 권투 선수의 사연은 공동체의 경험으로 보편화된다. 다른 작품들에서도 우리는 유사한 절차들을 어김없이 확인한다. 「뱀」에서 '어머니'와 '땅꾼'의 행위가 기능단위를 맡고 있다면 '소년'과 '소녀'의 은밀한 수작은 기능단위 쪽의 사건들을 망가뜨리는 반-은유의 징조단위로 기능한다. 「잉어」에서는 '여자'의 끝없는 팔자 타령이 그 역할을 한다. 이 끝없음은 '여자'의 되풀이되는 출현으로 이어진다. 「당신과 당신의 당신」에서 '한수'의 발기부전은 '아내'의 무관심을 매개로 불륜과 난봉에 의한 가정 파탄이 아니라 가정의 '의미', 더 나아가 '존재'의 전적인 소멸로 나아간다. 「전원 일기」에서 개 사육으로 생계를 유지하는 가족에게 벌어진 사건은, 제목과 '할머니'의 언행을 매개로 해, 한국인의 천민적 생활 태도와 그걸 '포장'하고 있는 유교적 권위주의와 한국인이 스스로에게 부여한 자기만족적 이미지들 사이의 기이한 (부)조화를 감지케 한다. PC방의 게임 아르바이트생의 일상을 짚어가는 「던전」은 어느 작품보다도 비유가 물씬하다. 주인공-화자의 하루하루를 어항 속 물고기의 그것에 은유함으로써 그 삶은 열기와 부패를 동시에 품고 부풀어 오른다.

인터넷 포털 사이트에 올라온 기상예보를 본다. 일주일간 비가 오고 흐린 날씨를 반복한 뒤 본격적인 더위가 시작될 것이라고 한다. 컴퓨터 본체가 뿜어내는 뜨거운 열기와 지열, 모기가 극성을 부릴 방을 떠올리자 벌써부터 몸이 화끈거린다. [……] 그러고 보니 탁한 니코틴 용액 사이로 얼핏 심해어의 암녹색 아가미가 벌렁거리고 있는 듯도 하다. 방파제 위에 올라서서 바다 낚시를 하는 기분은 어떨까. 무수한 도트로 이루어진 그래픽 아이템이 아닌 실제 숨 쉬는 물고기를 획득하게 되면 나는 스스로가 살아 있다는 사실을 실감할 수 있을까. (pp. 174~75)

이런 비유적 묘사들을 통해 그의 삶은 생기와 소멸의 두 가지 상반된 기운이 뒤엉키는 가운데 서서히 양옆으로 늘어나며, 삶을 보호하는 막을 박피한다. 그 풍선의 중심으로부터는 "시큼하고 구릿한 땀냄새"를 풍기며 "밀폐된 공간에서 수분을 빼앗기고 쪼그라든 영혼의 냄새"(p. 171)가 이 존재의 풍선을 팽창시키는 암흑에너지로 작용하고, 희박해진 공기 속에서 "점점 뜨거워지는 별 아래서 물컹한 몸은 조금씩 증발하고, 종내에는 먹다 흘린 한 줄기 당면처럼 얇게 비틀어진 살점만 남는다"(p. 180). PC방을 훼손하고 계집애와 달아나는 마지막 장면은 이 오갈 데 없는 룸펜-프롤레타리아의 비극적 처지를 선명히 부각시키지만, 동시에 그것은 신화적으로도 움직여, 이러한 생의 한없는 반복을 연출하니, 즉 따라서 그 자신이 항구적으로 부풀어 올라 흩어진다는 의미에서의 팽창 운동인 삶을 그 자체로서 항구적으로 윤회시킨다. 작품의 마지막 대목은 바로 그런 방향에서 이해될 수 있다.

"가서 맛있는 거 먹자. 그리고……"

"그리고?"

나를 따라 되물은 계집애는 내 대답을 재촉하듯, 노래하듯 "그리고? 그리고?" 반복한다. (p. 186)

사건은 강렬하지만 해독이 가장 분명치 않은 「닭장 앞의 오후」의 직접적인 주제는 '버려진 사람들'에 대한 사회적 무관심을 향한 분노이다. 그런데 작가는 그런 문제를 사실적으로 묘사하지 않는다. 지난 10여 년간의 '대박' 난 영화들과 또한 최근의 대중소설들에서 충분히 확인할 수 있는 것처럼 사실주의적 묘사는 현실에 대한 단순한 낙관에 기대어 있다. 비관적인 세계를 그릴 때에도 그런 묘사는 낙관에 기초한다. 쉽게 고쳐질 수 있으리라 믿으며 분노한다. 아니, 그런 믿음이 없을 때에는 판단의 정당성을 쉽게 믿으며 분노한다. 그리고 그 분노는 현실에 대한 단순한 구분에 근거한다. 편가름이 폭발하고 거기에 폭력의 주체와 희생의 주체라는 이름이 부여되며 곧바로 싸움이 즉효를 얻는다. 아무도 이름 뒤에 감추어진 연루는 고려하지 않는다. "이름 뒤에 숨은 사랑"도 감지하지 못한다. 비교적 생각이 깊은 사람들이 이런 문제를 이미 수십 년 전부터 제기했었다. 그러나 마이동풍의 현실은 거의 변하지 않았으며 여전히 사람들은 목전의 현실이 실재라 여기고 목에 힘줄을 긋는다. 그럼에도 불구하고 그 이상의 얘기를 줄기차게 되풀이할 수밖에 없는 것은 이 거대한 공론 속에서 한 줌의 독자들의 한 자밤의 발견에 내기를 걸 수밖에 없는 것이니 가만히 궁리컨대 지구상 지적 생명의 거대한 진화가 이런 작은 기미들의 무한한 집적을 통해서 간신히 조금씩 걸음걸음 나아가는, 그러나 문득 뒤돌아보면 거대한 혁명이 된 것을 뒤늦게 깨닫는 그런 진행을 보이는 경우가 항다반사이니 실질적으로 그런 과정이 지구 생명의 정신적 발달사를 이룬다고 보기 때문이다.

「닭장 앞의 오후」는 두 개의 상처와 두 개의 분노, 아니 더 나아가 두 개의 공포, 두 개의 몰이해를 교차 방식으로 포개놓는다. 나는 방금 이 작품의 주제가 "'버려진 사람들'에 대한 사회적 무관심을 향한 분노"라고 진술했다. 그 진술의 문장 구조를 요약하면 '~에 대한 ~에 대한 ~'이다. 이러한 문장 구조와 마찬가지로 살인과 납치와 버림과 놀람과 분노와 단죄의 감정과 행위 들은 사회 구성원 모두가 뒤엉켜 들어, 풀릴 길 없는 타래를 이룬다. 그런데도 그 가장자리는 모호하게 해찰되어서 논리적인 추적을 방해하는 대신 그 모든 것들을 모든 사람들의 제 안의 미궁으로 만들어버린다. 그렇게 해서 그 부정적인 감정과 행동 들을 공동체에게 깃든, 공동체 구성원들이 저마다의 방식으로 앓는 질병으로 들어앉게 한다.

더욱이 이 작품은 이어지는 「겨울 나들이」에 반사되어 그 인상을 선명히 발한다. 이 두 소설은 모두 '버려짐'에 대한 소설로서 주제적으로 약간의 연관성을 확인할 수 있지만 무엇보다도 이 둘을 매개하고 있는 것은 '닭'의 이미지이다. 「닭장 앞의 오후」에서 생경한 사건으로만 나타났던 '닭의 살해'는 「겨울 나들이」에서 그 의미를 고스란히 드러낸다. 닭은 길러져 잡아먹히는 가금을 대표한다. 가금은 또한 앞 작품들에서 되풀이해서 암시되는 가정의 와해에 연결되어 있다. 거기에 착안해 읽으면 닭은 사실상 가정의 이면이다. 이 닭은 우선 '길러진다'. 이 길러짐은 '보호'의 의미를 갖는 '양육'에서 '용도화'의 의미를 갖는 '사육'에 이르는 스펙트럼 속의 온갖 양태를 포괄한다. 다른 한편 닭은 '잡아먹힌다'. 다시 말해 '양육'과 '사육'이 모두 '먹이화'로 수렴된다. 그런데 이 먹이화는 양육과 사육 다음에 일어나는 것이 아니다. 그것은 이미 양육과 사육 들 전 과정의 전 범위에서 상시로 출몰하는 것이다. 달걀에서 영계, 중닭을 거쳐 성계에 이르기까지. '길러짐'의 스펙트럼은 공간적이고 '먹이화'의 스펙트럼은 시간적인데, 이 시공은 사실상 구별이 없고 수시로 호환한다.

우리는 이제 전아리적 소설 쓰기의 의미를 얼마간 이해할 수 있게 되었다. 이미 되풀이한 이야기를 다시 한번 요약하면 다음과 같다.

(1) 문제를 사회적 층위에서 제기하기: 주제뿐만 아니라 모든 형식의 층위에서. 그의 문체는, 가장 특별한 비유조차도, 집단적이다(앞의 '닭'의 경우를 참조).

(2) '사회 〉 개인 〉 사회'의 전환을 통해 사회의 문제를 사회 구성원들의 실존적 상황으로 의미화하기.

(3) 그 상황은 각성과 분석의 방향으로 나아갈 수도 육체화의 방향으로 나아갈 수도 있다: 전아리가 나아간 방향은 후자이다.

신화는 구성원들이 구축하는 것이며 동시에 구성원들에 의해 각성되어야 할 그들 자신들의 질병이다. 전아리가 사회의 문제를 설화로 부풀리는 까닭이 여기에 있다. 독자가 그 사정을 이해할 수 있을 때, 더 나아가 사람들이 자신이 속한 사회의 구성원으로서, 사회의 문제를 자신의 문제로 받아들일 때, 그 깊이가 가늠되고 그 출구가 희미하게 문의 형상을 구성하는 날이 올 것이다. 더 이상의 말은 불필요하리라.

작가의 말

나를 울게끔 하는 사람은 내게 상처나 아픔을 주는 사람이 아니라 그저 편안하고 따뜻한 사람입니다.

무심코 침을 삼킨 순간 목까지 채워두었던 단추가 툭 떨어져 나갔을 때

왜 옷을 그렇게 단단히 여며 입었느냐 묻지 않는 사람.

떨어진 단추 하나가 아깝다며 울고, 바닥에 떨어진 단추를 찾다가 머리를 탁자에 부딪쳐 그게 아프다 울고, 실과 바늘이 없어 울고. 그러다 문득 이렇게 우는 스스로가 어처구니없어 웃음이 나오기 시작하면 눈을 마주 보고 함께 웃어줄 수 있는 사람.

사람들을 보다 보면 아무리 자기 관리에 능하고 행동거지가

철저한 사람이라 해도 완벽한 사람은 없다는 걸 재차 깨닫곤 합니다. 모두 저마다의 빈틈은 있기 마련이니까요. 영리한 사람들은 굳이 자신의 틈을 숨기려 하지 않습니다. 오히려 '나의 빈틈은 이곳입니다' 하고 소개한 뒤 상호 관계에 집중합니다. 그럼에도 불구하고 느닷없이 눈에 띈 사물이나 사건을 향해 흔들리는 찰나의 눈빛, 얼떨결에 섞여 나오는 부적절한 단어, 무언가를 생각하거나 할 말이 없어졌을 때 자연스럽게 꺼내는 뻔한 이야기의 주제, 그리하여 사라진 정적의 시간만큼 생겨난 거리감의 모순된 어색함, 그런 모습을 지닌 사람들을 나는 좋아합니다.

이 책 속 이야기에는 허구와 사실이 섞여 있습니다. 소재를 취재하다 보면 차라리 허구였으면 좋겠다 싶은 현실 속의 수많은 사건 사고를 눈앞에서 보게 될 때가 있습니다.

소신 있게 움직이고 강단 있게 살아가야겠다고 마음먹곤 합니다. 결코 쉬운 일은 아니지만. 어느 상황에서도 자의적인 판단에 의해 선택들을 이루어나갈 수 있는 의지를 기르려 노력 중입니다. 예정보다 시간이 조금 길어졌음에도 꼼꼼히 책을 함께 만들어주신 문학과지성사에 감사한 마음을. 언제나 곁을 지켜주는 가족들과 소중한 사람들에게 고마움을 전합니다. 일과 별개로 작년엔 송진선 PD님 덕분에 이런저런 새로운 주제에 대해 생각할 기회가 생겨, 인상 깊고 기쁜 인연이었습니다.

예리하면서도 아름다운 글로 해설을 써주신 정과리 선생님, 유머 넘치는 정명교 교수님의 수업 때와는 또 다른 느낌으로 깊이 공부할 과제를 받은 기분입니다. 선생님께 종종 전화를 드릴 때 흘러나오는 분위기 좋은 컬러링을 들으면 '이런들 저런들 어떨까', 하는 묘한 여유와 흥겨움에 빠진답니다.

요즘은 종종 '백 세 시대'라는 말에 대해 생각합니다.

지구라는 별에 백 년이나 머무른다는 건 여러 의미로 참 대단한 일인 것 같아요.

이 책을 읽는 당신이나 나나, 울고 싶을 때 억지로 웃지 않아도 되는 삶을 살아갈 수 있기를.

2018년 봄

전아리